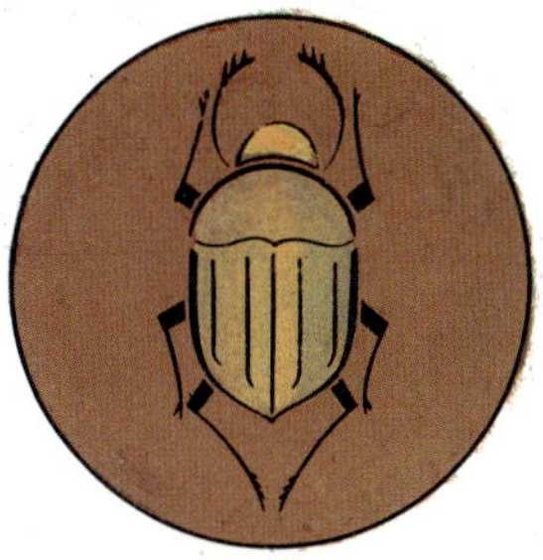

BRRPOET BRRM TACPOET

INCROYABLE!

Des vis platinées qui fondent, c'est du jamais vu !
Raison de plus pour être méfiants...
A supposer que ce soit possible, qui pourrait provoquer une telle panne ?
HO!?
Il est temps que tu saches, Foster, qu'il existe des forces obscures qu'ici on appelle magnétisme ...
Tu... tu crois, papa Toussaint, que c'est ça qui...
Cela fait longtemps que les scientifiques s'y intéressent. Je ne serais pas surpris que le Mangou ait compris tout le pouvoir qu'il pouvait en tirer...
Regarde ! Et ne me dis pas que le Mangou a aussi prévu que nous tomberions en panne près de ce garage ...
Qui sait, fiston, ce dont il est capable, s'il a écarté le rideau qui nous voile l'invisible ...
CLASS AUTO

la Fenêtre Oubliée

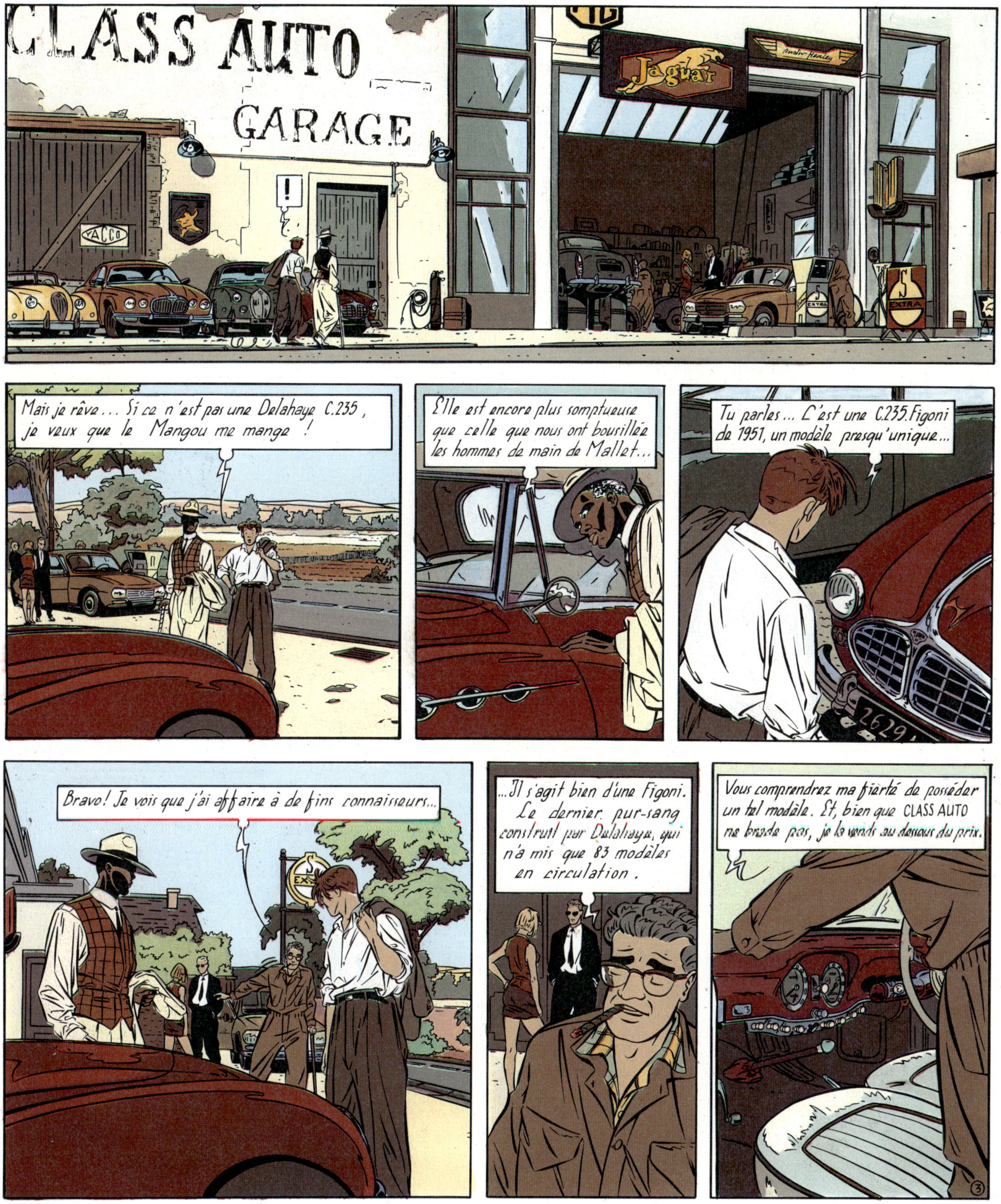

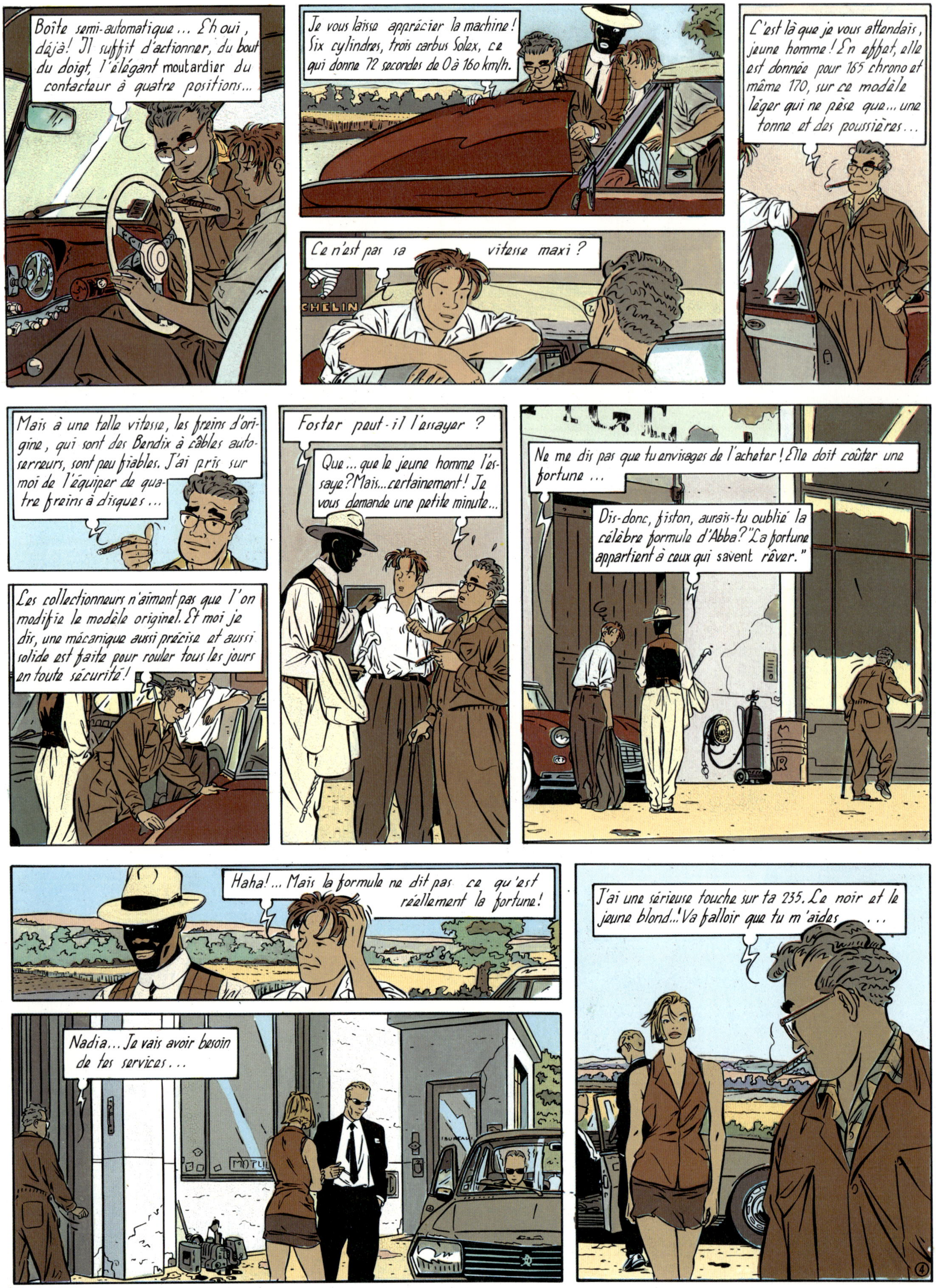
Boîte semi-automatique... Eh oui, déjà! Il suffit d'actionner, du bout du doigt, l'élégant moutardier du contacteur à quatre positions...
Je vous laisse apprécier la machine! Six cylindres, trois carbus Solex, ce qui donne 72 secondes de 0 à 160 km/h.
Ce n'est pas sa vitesse maxi ?
C'est là que je vous attendais, jeune homme! En effet, elle est donnée pour 165 chrono et même 170, sur ce modèle léger qui ne pèse que... une tonne et des poussières...
Mais à une telle vitesse, les freins d'origine, qui sont des Bendix à câbles autoserreurs, sont peu fiables. J'ai pris sur moi de l'équiper de quatre freins à disques...
Les collectionneurs n'aiment pas que l'on modifie le modèle original. Et moi je dis, une mécanique aussi précise et aussi solide est faite pour rouler tous les jours en toute sécurité!
Foster peut-il l'essayer ?
Que... que le jeune homme l'essaye? Mais... certainement! Je vous demande une petite minute...
Ne me dis pas que tu envisages de l'acheter! Elle doit coûter une fortune...
Dis-donc, fiston, aurais-tu oublié la célèbre formule d'Abba? "La fortune appartient à ceux qui savent rêver."
Haha!... Mais la formule ne dit pas ce qu'est réellement la fortune!
Nadia... Je vais avoir besoin de tes services...
J'ai une sérieuse touche sur ta 235. Le noir et le jeune blond..! Va falloir que tu m'aides...

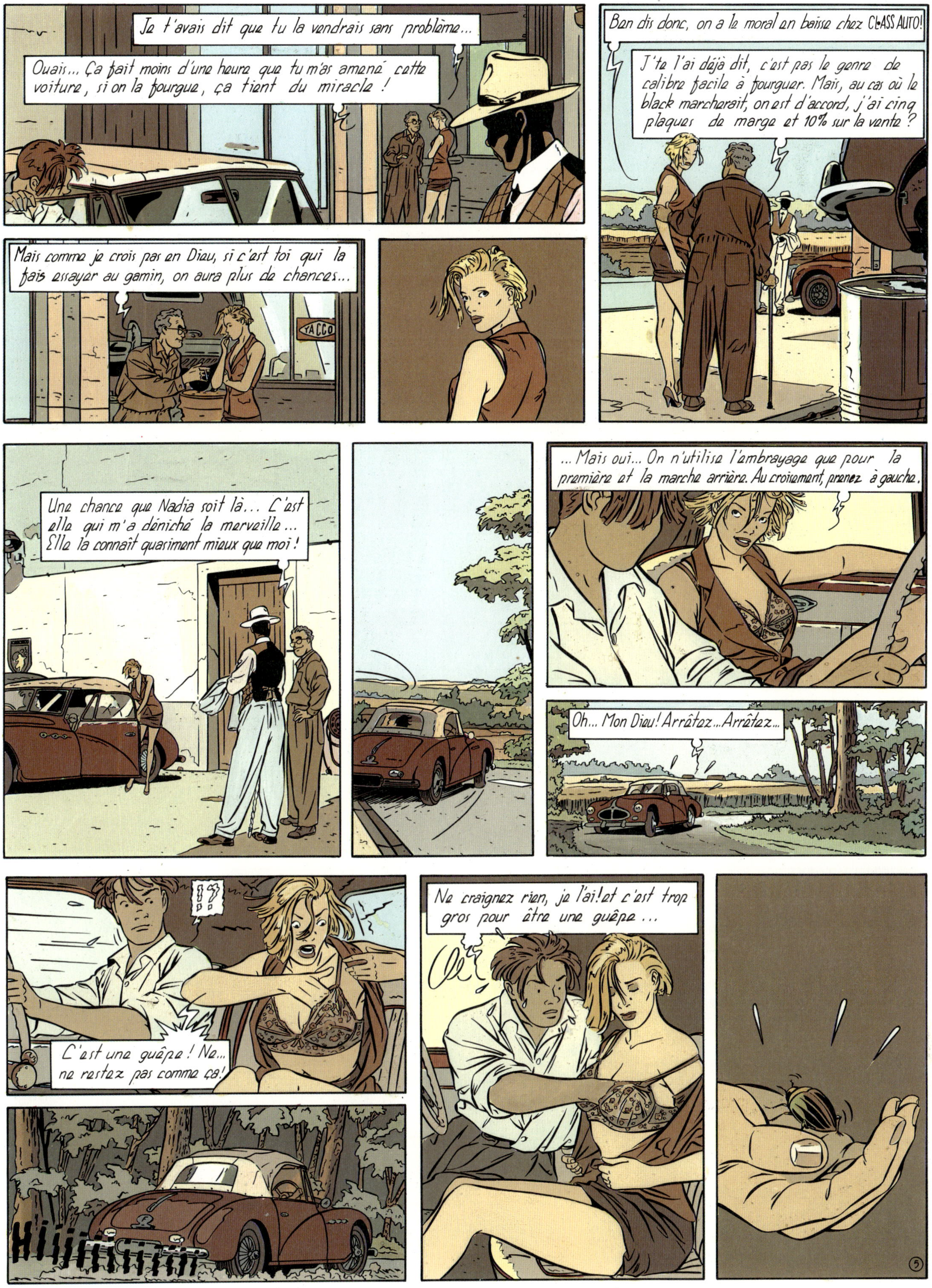

Je t'avais dit que tu la vendrais sans problème...
Ouais... Ça fait moins d'une heure que tu m'as amené cette voiture, si on la fourgue, ça tient du miracle !
Ben dis donc, on a le moral en baisse chez CLASS AUTO!
J'te l'ai déjà dit, c'est pas le genre de calibre facile à fourguer. Mais, au cas où le black marcherait, on est d'accord, j'ai cinq plaques de marge et 10% sur la vente ?
Mais comme je crois pas en Dieu, si c'est toi qui la fais essayer au gamin, on aura plus de chances...
TACCO
Une chance que Nadia soit là... C'est elle qui m'a déniché la merveille... Elle la connaît quasiment mieux que moi !
... Mais oui... On n'utilise l'embrayage que pour la première et la marche arrière. Au croisement, prenez à gauche.
Oh... Mon Dieu! Arrêtez...Arrêtez...
C'est une guêpe ! Ne... ne restez pas comme ça!
Hiiiiiiiiiiiii
Ne craignez rien, je l'ai! et c'est trop gros pour être une guêpe ...

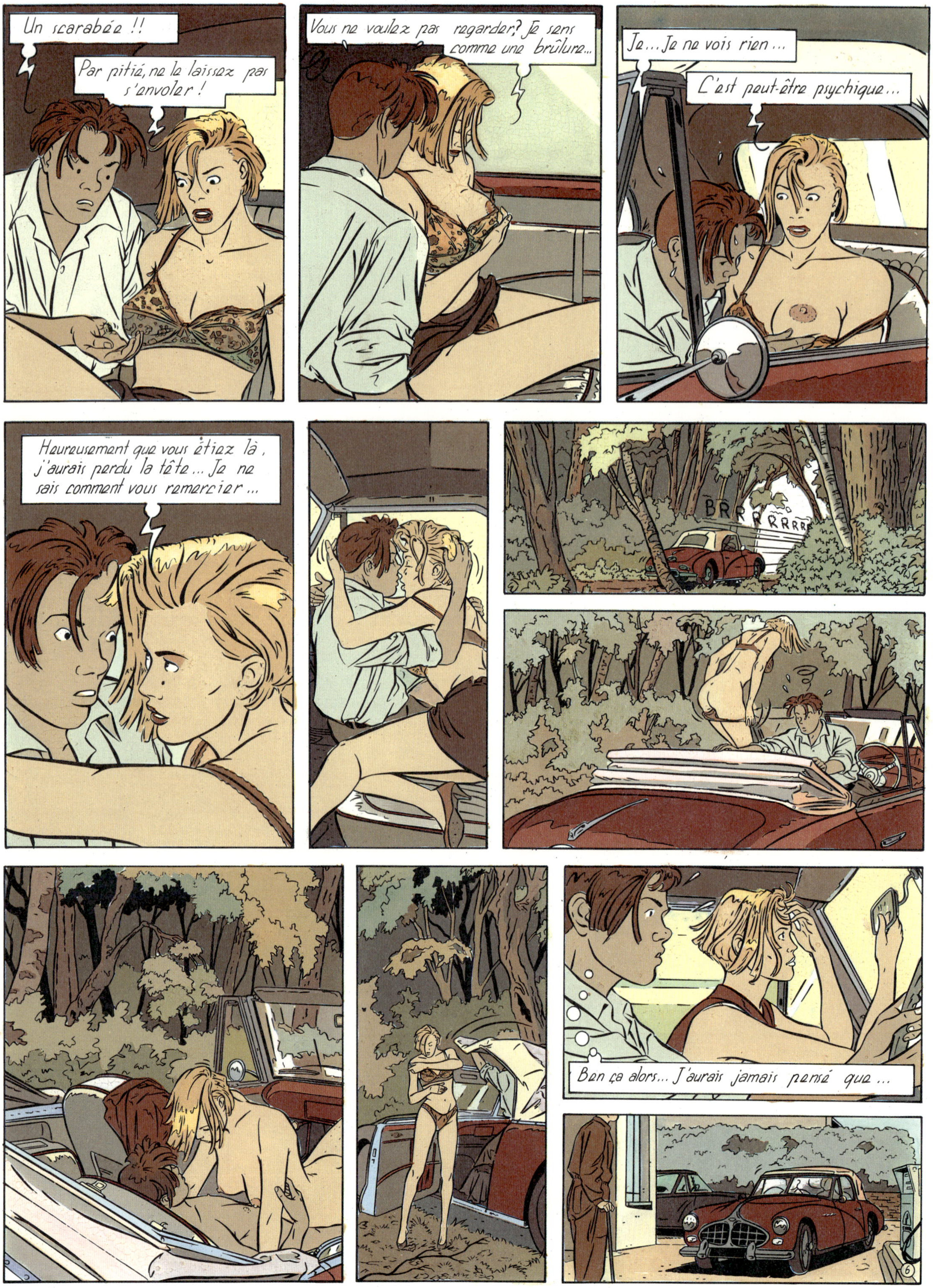
Un scarabée !!
Par pitié, ne le laissez pas s'envoler !
Vous ne voulez pas regarder? Je sens comme une brûlure...
Je... Je ne vois rien...
C'est peut-être psychique...
Heureusement que vous étiez là, j'aurais perdu la tête... Je ne sais comment vous remercier...
BRRRRRRR
Ben ça alors... J'aurais jamais pensé que...

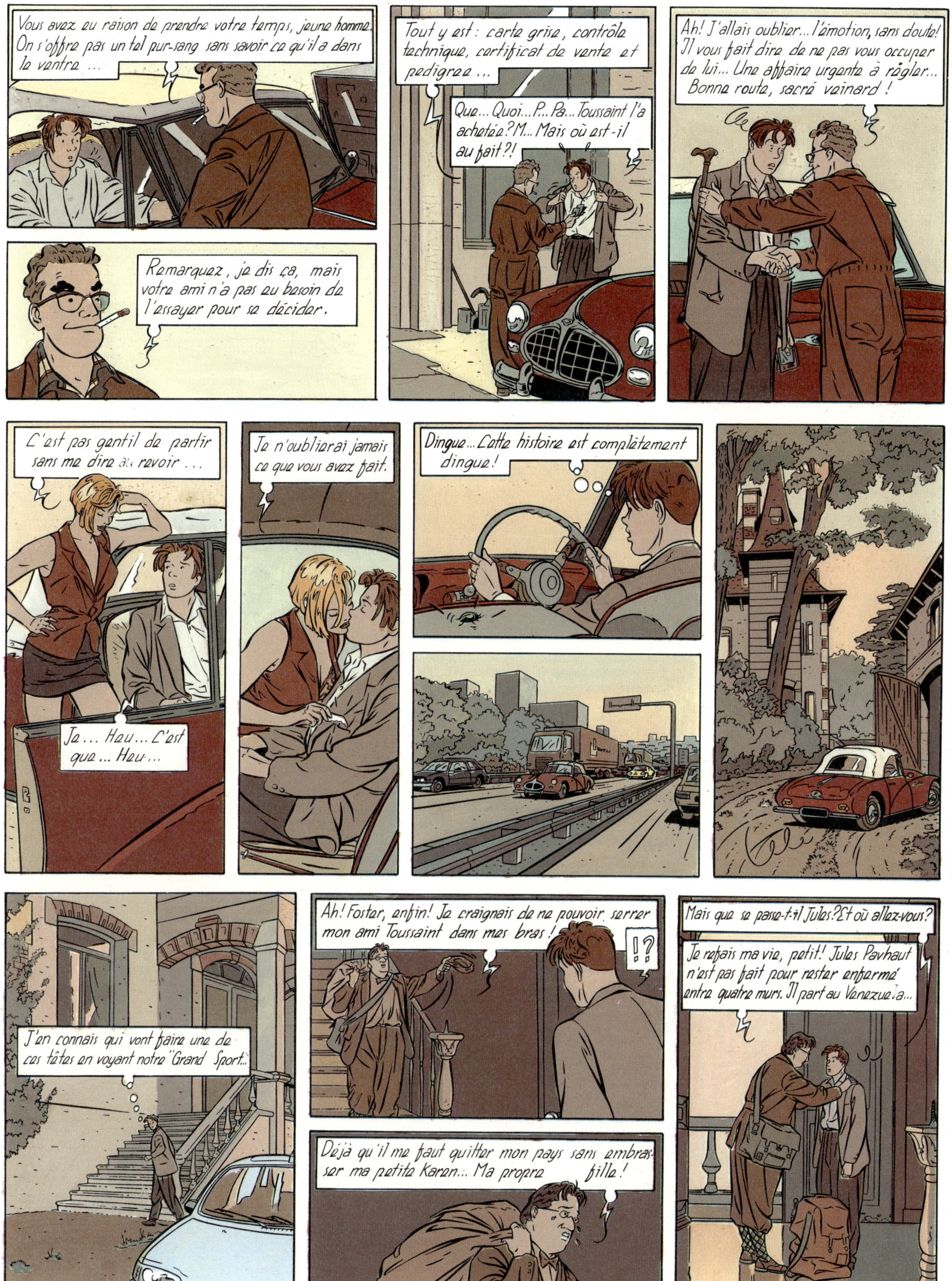
Vous avez eu raison de prendre votre temps, jeune homme. On s'offre pas un tel pur-sang sans savoir ce qu'il a dans le ventre ...
Remarquez, je dis ça, mais votre ami n'a pas eu besoin de l'essayer pour se décider.
Tout y est : carte grise, contrôle technique, certificat de vente et pedigree ...
Que... Quoi... P... Pe... Toussaint l'a achetée? M... Mais où est-il au fait?!
Ah! J'allais oublier... l'émotion, sans doute! Il vous fait dire de ne pas vous occuper de lui... Une affaire urgente à régler... Bonne route, sacré veinard !
C'est pas gentil de partir sans me dire au revoir ...
Je ... Heu ... C'est que ... Heu ...
Je n'oublierai jamais ce que vous avez fait.
Dingue... Cette histoire est complètement dingue!
J'en connais qui vont faire une de ces têtes en voyant notre "Grand Sport"...
Ah! Foster, enfin! Je craignais de ne pouvoir serrer mon ami Toussaint dans mes bras!
!?
Déjà qu'il me faut quitter mon pays sans embrasser ma petite Karen... Ma propre fille!
Mais que se passe-t-il Jules? Et où allez-vous?
Je refais ma vie, petit! Jules Pavhaut n'est pas fait pour rester enfermé entre quatre murs. Il part au Venezuela...

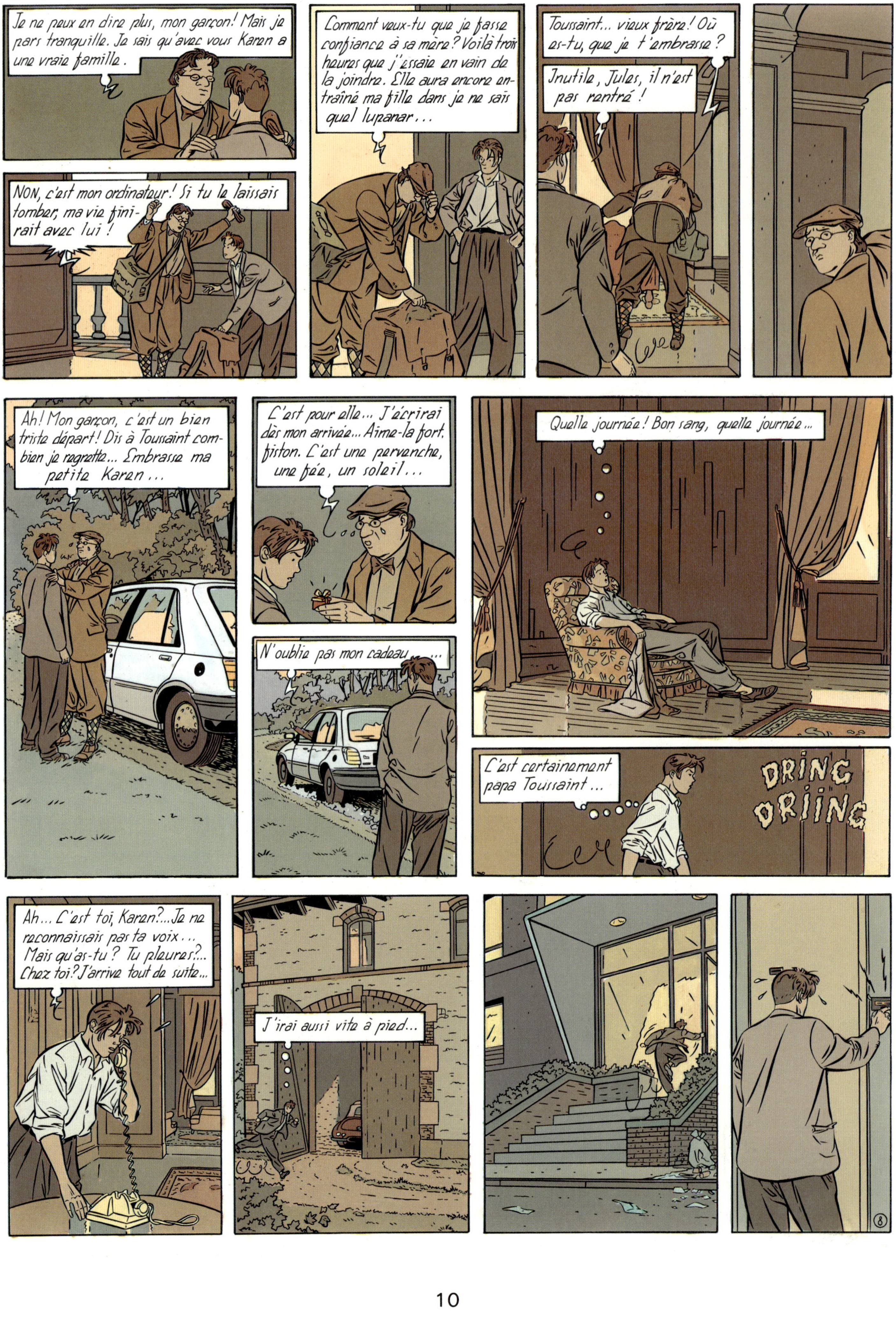

Je ne peux en dire plus, mon garçon! Mais je pars tranquille. Je sais qu'avec vous Karen a une vraie famille.
NON, c'est mon ordinateur! Si tu le laissais tomber, ma vie finirait avec lui!
Comment veux-tu que je fasse confiance à sa mère? Voilà trois heures que j'essaie en vain de la joindre. Elle aura encore entraîné ma fille dans je ne sais quel lupanar...
Toussaint... vieux frère! Où es-tu, que je t'embrasse?
Inutile, Jules, il n'est pas rentré!
Ah! Mon garçon, c'est un bien triste départ! Dis à Toussaint combien je regrette... Embrasse ma petite Karen...
C'est pour elle... J'écrirai dès mon arrivée... Aime-la fort, fiston. C'est une pervenche, une fée, un soleil...
N'oublie pas mon cadeau...
Quelle journée! Bon sang, quelle journée...
C'est certainement papa Toussaint...
DRING
DRIING
Ah... C'est toi, Karen?... Je ne reconnaissais pas ta voix... Mais qu'as-tu? Tu pleures?... Chez toi? J'arrive tout de suite...
J'irai aussi vite à pied...

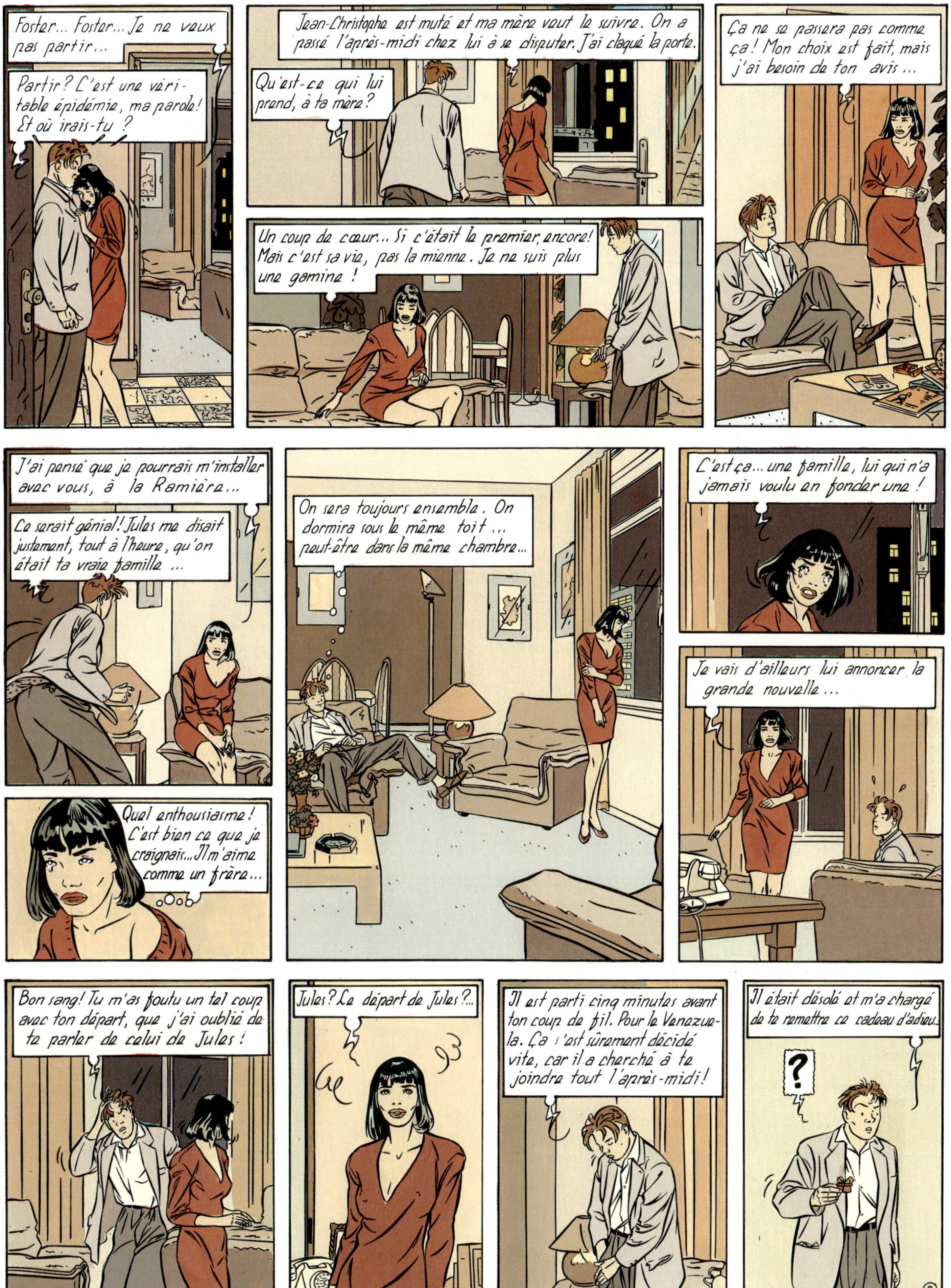
Foster... Foster... Je ne veux pas partir...
Partir? C'est une véritable épidémie, ma parole! Et où irais-tu ?
Jean-Christophe est muté et ma mère veut le suivre. On a passé l'après-midi chez lui à se disputer. J'ai claqué la porte.
Qu'est-ce qui lui prend, à ta mère?
Un coup de cœur... Si c'était le premier, encore! Mais c'est sa vie, pas la mienne. Je ne suis plus une gamine !
Ça ne se passera pas comme ça! Mon choix est fait, mais j'ai besoin de ton avis...
J'ai pensé que je pourrais m'installer avec vous, à la Ramière...
Ce serait génial! Jules me disait justement, tout à l'heure, qu'on était ta vraie famille ...
On sera toujours ensemble. On dormira sous le même toit ... peut-être dans la même chambre...
C'est ça... une famille, lui qui n'a jamais voulu en fonder une !
Quel enthousiasme! C'est bien ce que je craignais... Il m'aime comme un frère...
Je vais d'ailleurs lui annoncer la grande nouvelle...
Bon sang! Tu m'as foutu un tel coup avec ton départ, que j'ai oublié de te parler de celui de Jules !
Jules? Le départ de Jules?...
Il est parti cinq minutes avant ton coup de fil. Pour le Venezuela. Ça s'est sûrement décidé vite, car il a cherché à te joindre tout l'après-midi!
Il était désolé et m'a chargé de te remettre ce cadeau d'adieu.
?
9

Que lui a-t-il pris ?
Ne pleure pas, Karen... Je sais que c'est dur... mais on est là...
Tu ne comprendras donc jamais rien! Son départ fout tout en l'air. Ma mère ne pouvait pas m'empêcher de rejoindre mon père.
Lui parti, je ne peux pas venir vivre avec toi... Heu... Je... je veux dire avec vous...
Karen, répète ce que tu viens de dire!
Ben quoi? J'ai dit vivre avec vous. Ce n'est pas de ça dont on parle depuis une heure?...
Oui mais... heu... J'avais cru...heu... Que dirais-tu...
...d'une balade pour nous remettre les idées en place ?
La nuit avait un parfum de liberté qui leur souffla un plan imparable...
Ils ne parleraient que d'une courte absence de Jules Pavhaut. Et ils enverraient Toussaint dire...
...à sa mère, qu'il veillerait sur Karen comme si elle était sa fille!
Mais... c'est la Ramière! Je n'ai pas vu le temps passer. Pourquoi est-ce si sombre ?

Toussaint n'a pas dû rentrer. Figure-toi qu'il a fait une fugue...
CLIC
11

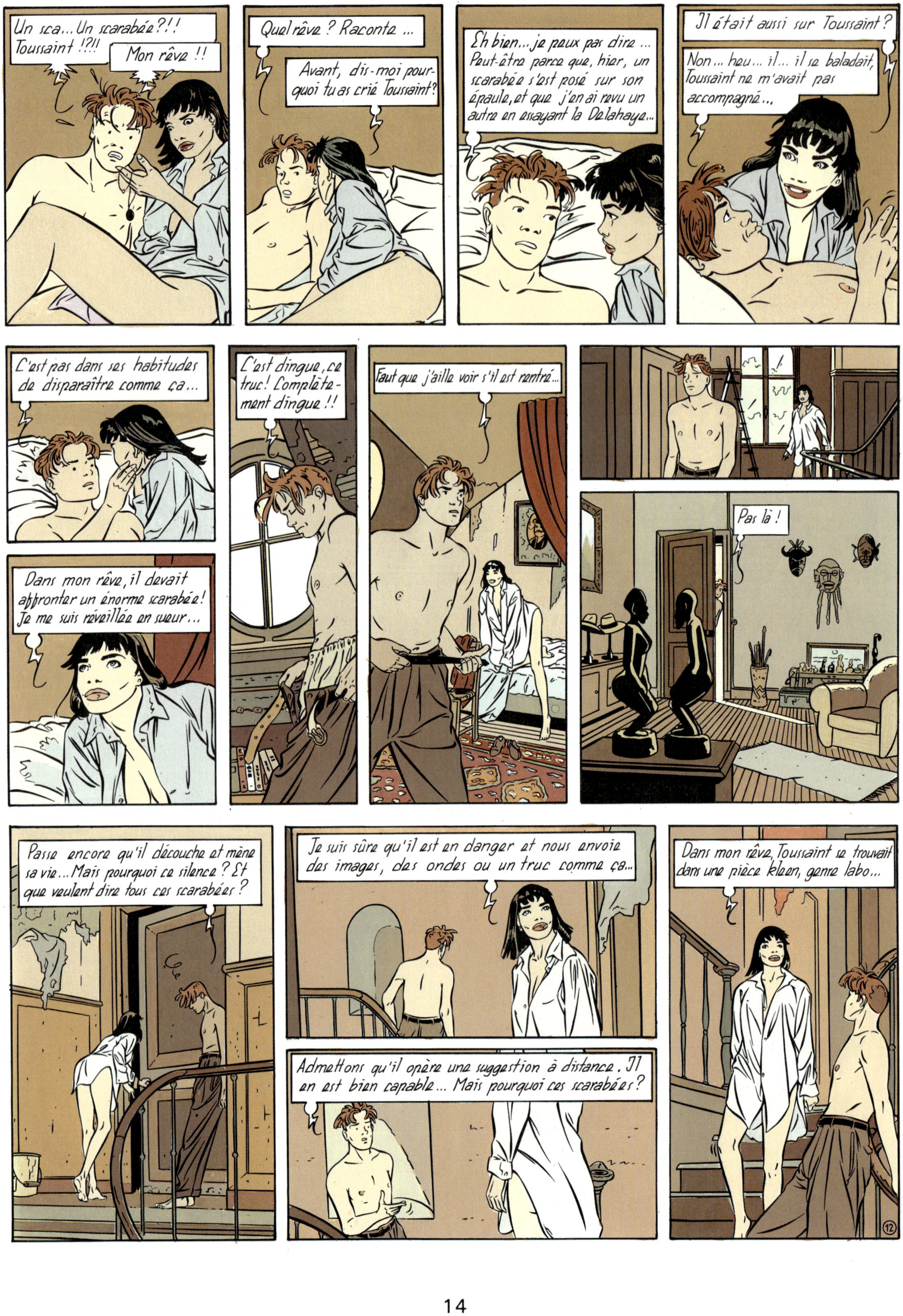
Un sca... Un scarabée?!! Toussaint !?!!
Mon rêve !!
Quel rêve ? Raconte ...
Avant, dis-moi pourquoi tu as crié Toussaint?
Eh bien... je peux pas dire... Peut-être parce que, hier, un scarabée s'est posé sur son épaule, et que j'en ai revu un autre en essayant la Delahaye...
Il était aussi sur Toussaint?
Non... heu... il... il se baladait, Toussaint ne m'avait pas accompagné...
C'est pas dans ses habitudes de disparaître comme ça...
Dans mon rêve, il devait affronter un énorme scarabée! Je me suis réveillée en sueur...
C'est dingue, ce truc! Complètement dingue !!
Faut que j'aille voir s'il est rentré...
Pas là !
Passe encore qu'il découche et mène sa vie... Mais pourquoi ce silence? Et que veulent dire tous ces scarabées?
Je suis sûre qu'il est en danger et nous envoie des images, des ondes ou un truc comme ça...
Admettons qu'il opère une suggestion à distance. Il en est bien capable... Mais pourquoi ces scarabées?
Dans mon rêve, Toussaint se trouvait dans une pièce kleen, genre labo...
12

Labo? T'as dit labo... Quand il tenait le scarabée, il a parlé de forces obscures... du magnétisme et de scientifiques qui s'y intéressent...
Oui... c'est ça... Il a même ajouté que le Mangou pourrait bien s'aviser d'utiliser ces forces...
Quoi? le Mangou!?!? Il n'y a plus de doute, Toussaint est en danger!
Tu as raison, et notre seule piste part de l'endroit où il a disparu... Quelle heure est-il ?
Mon Dieu!! Dix heures, et je ne peux pas sécher mon cours... Quelle plaie, ce bac!
LYCEE JEANNUY
BRRRR
Sois prudent...
C'est pas humain d'aller s'enfermer là-dedans alors que tous les deux risquent leurs vies...
Mademoiselle Pavhaut, z'êtes pas dispensée de vous plier aux horaires...'Passerez à mon bureau après le cours!
CLANG!
Je vous salue, heureux propriétaire! Il n'y a pas d'ennui sur le pur-sang au moins?

Inutile de finasser! Vous savez très bien pourquoi je suis ici...
Je ne sais pas de quoi vous voulez parler, ni ce qui vous met dans cet état, mais j'ai pas l'habitude de me laisser marcher sur les pieds !
PAS QUESTION DE BOUGER TANT QUE JE NE SAURAI PAS OÙ EST PASSÉ TOUSSAINT !!
Toussaint?... S'il s'agit de votre ami, j'en sais pas plus...
Ah oui? Et il est parti comment? A pied ? En taxi ?
C'est vrai, ça! Comment est-il parti ?
Ah! Je me souviens... Il est parti avec les deux types qui étaient à la pompe!
Les deux types?...A la pompe?
Ils y étaient à votre arrivée. En tout cas, votre ami, lui, semblait les connaître.
Vous n'espérez pas me faire avaler cette couleuvre !?
Arr... Arrêtez, merde! Même que Nadia discutait avec eux quand je lui ai demandé de vous faire essayer la bagnole !...
Parce que Nadia aussi les connaît! Et vous ?
Jamais vus!
Eh bien, il ne vous reste plus qu'à me donner l'adresse de Nadia !
C'est... c'est que je l'ai pas ...
Je vous jure que c'est vrai! Nadia, c'est un cas... On a grandi ensemble dans la zone, mais...
... maintenant, elle fréquente des rupins. Je la vois quand elle a une tire à fourguer. L'affaire faite, elle disparaît sans laisser d'adresse ...
16

Nerveux, le gamin! J'espère que cette déjantée de Nadia m'a pas foutu dans une sale histoire ...
RRRR!
Je crois que le bonhomme n'a pas menti. Malheureusement, la description des deux mecs roulant en 504 ne m'avance pas ...
...Nadia est au centre de ce micmac. Non seulement elle les connaît, mais en plus elle fournit la Delahaye ...
La carte grise est encore au nom de l'ancien propriétaire, qui connaît forcément Nadia ...
Bon sang! Comment n'y ai-je pas pensé plus tôt ...
!?!
Pierre Monier... 1 allée de la limite... Je sens que je chauffe!
RRRRRR
TAXI
Pensez, si je reconnais la Grand Sport Delahaye... C'est toute une époque... Mais je regrette, en soixante ans de service je n'en ai jamais vu dans mon immeuble ...
Cette histoire est de plus en plus dingue !!
Monsieur Pierre Monier, s'il vous plaît...
Vous faites erreur, Monsieur. Il n'y a pas, et il n'y a jamais eu, de Pierre Monier ici...
CONCIERGE
Heu... si... s'il y a erreur sur le nom, peut-être reconnaîtrez-vous sa voiture... Elle est garée juste devant...

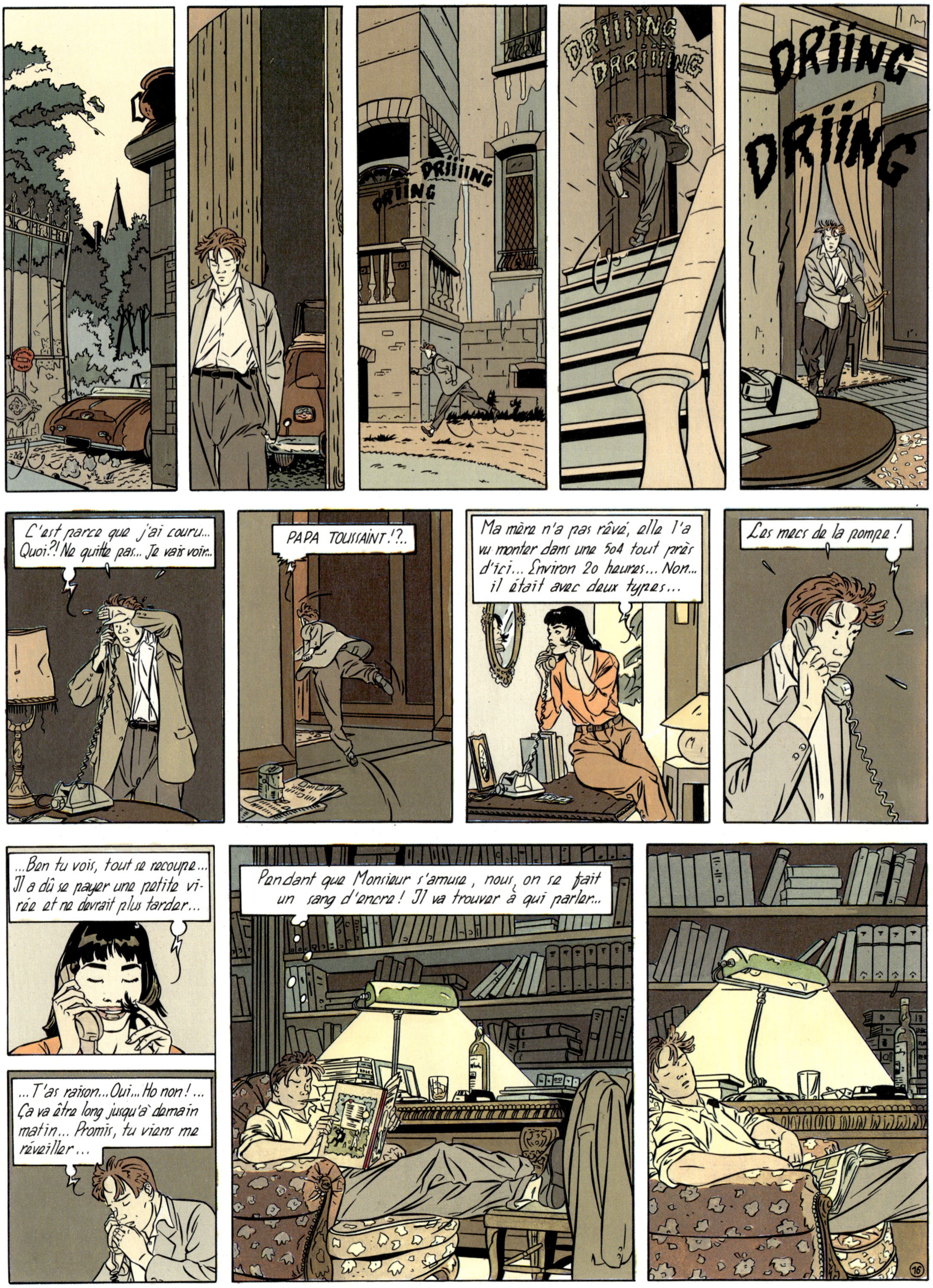
DRIIIING
DRIING
DRIIING
DRRIIIING
DRIING
DRIING
C'est parce que j'ai couru... Quoi?! Ne quitte pas... Je vais voir...
PAPA TOUSSAINT.!?..
Ma mère n'a pas rêvé, elle l'a vu monter dans une 504 tout près d'ici... Environ 20 heures... Non... il était avec deux types...
Les mecs de la pompe!
...Bon tu vois, tout se recoupe... Il a dû se payer une petite virée et ne devrait plus tarder...
...T'as raison...Oui...Ho non!... Ça va être long jusqu'à demain matin... Promis, tu viens me réveiller...
Pendant que Monsieur s'amuse, nous, on se fait un sang d'encre! Il va trouver à qui parler...
16

1
ALLÉE DE LA LIMITE
DZ iiiiii CLAC
CONCIERGE
...Vers 20 hour's, lui assoupi, but appareils de mesioures magnétiques et hight Fréquences, sont devenious crazy... Look...
Comment s'est passée la journée ?
Kaâlme... zauf...

Si Alf, impérialiste Américain, pas interrompu moi sauvagement, moi montrer superactivité corps-bioplasmique ...
?
Pourquoi appareil pas marcher quand moi besoin ? Quelqu'un, ici, veut ridiculiser invention Russe !
Ridikiouliser ? Haha... inioutil ! La soviet-technologie est comme le régime : elle casse son gueule ! Look that ! Made in USA... Haha, Tovaritch !
Prropagande kapitaliste et mensongèrrre !! Sans grrand ingénieurr "Semyon Kirlian", vous jamais voir photographies corps-énergie bioplasmique !
POK
...Vous continuer patauger dans occultisme où jeter dès avec piètrre savant "J.B. Rhine" !
Avez-vous décrypté le message ?
Heu... no. Il s'agit, perhaps, d'un symboll échappant à notre logo de conversion ...
Moi rrigoler ! U.S. machines trop zophistiquées pourr petit cerveau américain !
Ça matériel frragile mais trrès prrécis. Avant casser, lui donner mouvements bioplasmiques ... Déplacement corps-énergie ... Bilocation ...
Suffit ! Nous en reparlerons quand vos données seront plus fiables. En attendant, je me débrouillerai seul !
Eh bien, qu'attendez-vous ? Ne me dites pas que le système d'ouverture ne marche pas, parce qu'il est russe, ou est trop compliqué, parce qu'américain !
Vous n'ouvrirez qu'à mon signal.
18

Permettez-moi de me présenter : Bertrand-Hugues Luynes.
Je suppose que je dois être enchanté ?
Enchanté ? Hum... c'est sans doute ce qu'on aurait dit au Moyen Age. Aujourd'hui on parle d'énergie bioplasmique ou psychotronique...
Mais asseyez-vous, et veuillez excuser mon retard. Impossible d'écourter ce dîner avec mon éditeur et les plus influents des académiciens...
Dès sa sortie, mon livre sera couronné par le prix Nullitzer. Ce qui lui assurera un impact dépassant nos frontières.
OK, laissons la harwaire. But n'est-elle pas ma force de télépathique suggestion qui, à la garage, a fait venir Toussaint comme one twotwo?
Toi oublier générateur psychotronique, invention tchèque, braqué dans 504 sur Toussaint !
J'espère que vous avez su apprécier nos méthodes de suggestion télépathique ?
Elles sont, en effet, irrésistibles. Si j'en juge par votre documentation, elles s'appuient sur de nombreuses recherches et une technologie révolutionnaire...
Si toi insinuer qu'entraînement parapsy C.I.A. plus puissant que K.G.B., toi fourrer doigt dans troisième œil !
Moi ordonner télépathiquement Toussaint gratter tête. Toi regarder !
Si ces fantastiques moyens paranormaux nous ont permis d'amener un personnage de votre calibre où nous voulions, nous aurions pu vous empêcher de récupérer "La Ramière"...
SCRATCH
SCRATCH
Parce que... vous êtes aussi mêlé à cette histoire ? Et à qui dois-je une telle clémence ?
A moi-même, mon cher Toussaint. En étudiant cette affaire, j'ai persuadé Stéphane Mallet qu'il fallait faire de vous un allié plutôt qu'un ennemi.
SCRATCH
SCRATCH
Eh bien ! J'ai peine à croire à une telle révélation. Vous pourriez répéter en me regardant droit dans les yeux ?
19

Shiet! Le son a volatilisé... L'image se brouillard. La soviétique logique a encore frappé!
Haha... si forces mentales capables dérégler U.S. technologie... Hahaha... Moi posséder forces psychotroniques trrès puissantes!
HAHAHAHA!
If you puissant P.K, concentrer you pour remettre en fonction le T.V... Quickly... Je sens le danger cerner le boss ...
Alors, selon vous, les papiers repris à Mallet, l'assaut des 4x4, l'accident, pour ne citer que ces événements, sont des manipulations parapsychiques?...
Moi pas sentirr boss danger... Lui décontracté... Trrès trrès kaâlme...
Peut-être même ces faits n'ont-ils jamais existé dans notre réalité quotidienne... ordinaire. Cette réalité que nous partageons, en ce moment, vous et moi ...
LA RAMIERE
20

OH?!
Dis donc, fiston, qu'est-ce que c'est que ça ?
Ben... Ben... un scarabée... comme celui de tout à l'heure ...
Si tu étais sur tes gardes, tu t'apercevrais que c'est le même scarabée.
C'est lui que tu dois suivre jusqu'à la limite. Même si elle te semble une impasse...
Mais pourquoi le suivre ? Il... il est toujours là!
Où es-tu ??!
PAPA TOUSSAINT?!?
Je vais lui apprendre, moi, à jouer les fantômes...

J'ai pourtant visité toutes les pièces...
Si seulement Karen était là... C'est à devenir fou...
Peut-être un autre rêve m'apportera-t-il la solution de l'énigme ?
ZZZZZZZ!
KLIK
Moi avoir repris contrôle circuit vidéo grâce redoutable puissance P.K. Aussi puissante que célèbre poltergeists !
Il plairait moi être si serine que toi...
Je suis ravi, mon cher Toussaint, que vous acceptiez d'être des nôtres!
Je suis d'autant plus ravi que, selon mes informations, vous n'êtes pas dépourvu d'un certain pouvoir parapsy.
Moi? C'est encore votre collaborateur Jules Pavhaut qui vous a mis ça dans la tête ?
Jules Pavhaut? Car vous savez que Jules est mon collaborateur?
Vous le connaissez. C'est un bavard irresponsable, doublé d'un mythomane de talent. Mais rassurez-vous. Je suis seul à être dans le secret...
J'aime mieux ça. Quoi qu'il en soit, il n'a pas fabulé en parlant de votre force de persuasion doublée du pouvoir de faire naître des images.
Oh.. Humph... il a sans doute... Humph... exagéré...

J'en doute... C'est pourquoi j'ai songé à une épreuve, ou plutôt un test.
Notre N°1 vient de mourir. Seuls, Mallet et moi-même sommes susceptibles de le remplacer ...
Lors des élections qui se déroulent à bulletins secrets dans deux jours, vous devrez influencer le vote...
...en ma faveur...pour me prouver que je peux compter sur vous, et vous aurez tout à y gagner, car Mallet vous en veut.
Vous y serez aidés par notre générateur psychotronique, lequel, quoi qu'en dise Léonid, est moins efficace sur les hommes que sur les objets!
Et si mon influence était inefficace?
Alors Mallet serait élu et je ne donnerais pas cher de votre peau!
Réfléchissez, mais vous auriez tort de ne pas profiter de cette porte ouverte...
?!
Moi dire Alf moi téléphoner ingénieur Stépan Pavelovitch pour commander accumulateur psychotronique.
Je suis O.K. avec Léonid. Il y a un tel grand énergie, qu'on ne saye plus où donner la tête...

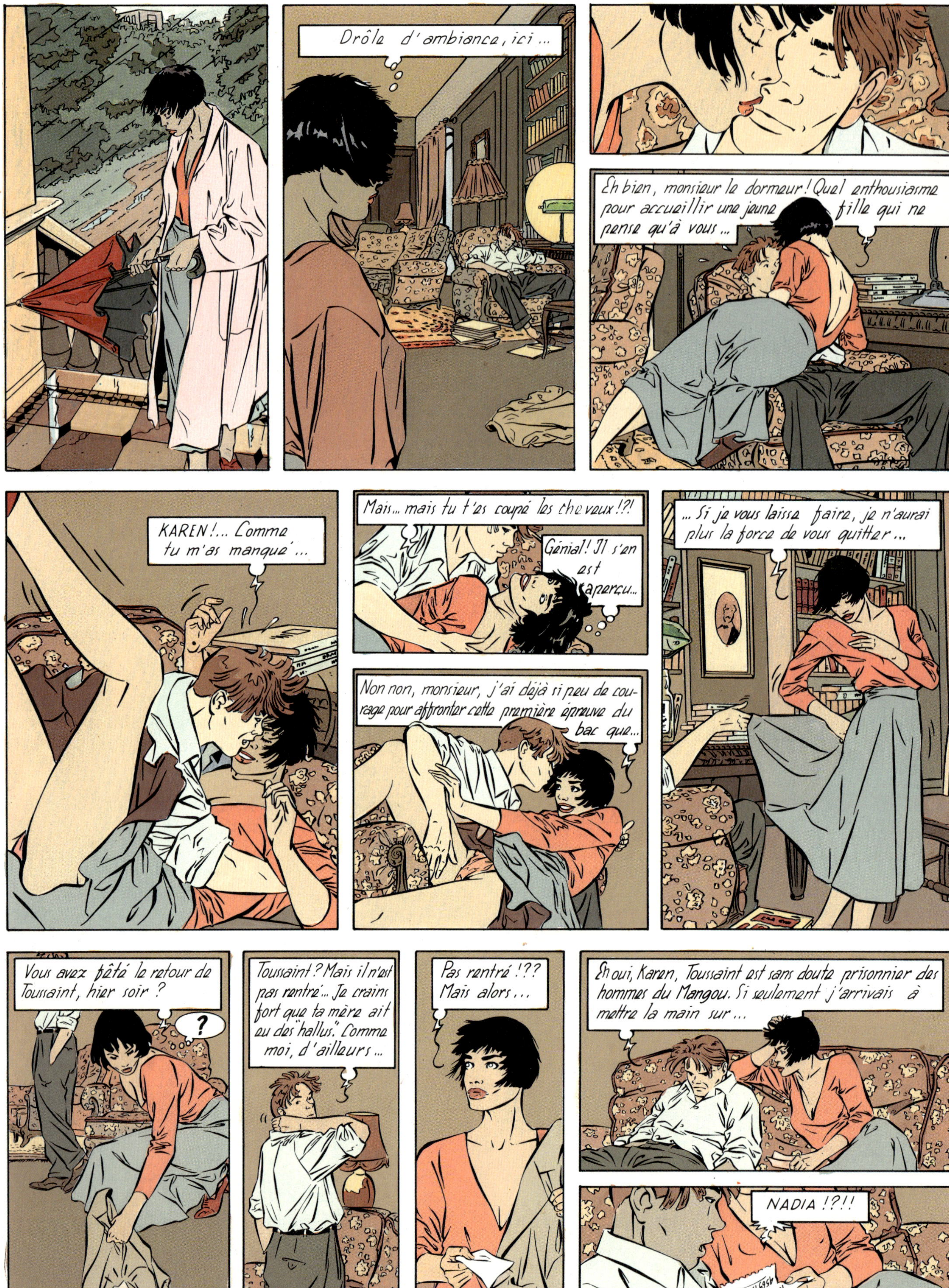
Drôle d'ambiance, ici...
Eh bien, monsieur le dormeur! Quel enthousiasme pour accueillir une jeune fille qui ne pense qu'à vous...
KAREN!... Comme tu m'as manqué...
Mais... mais tu t'es coupé les cheveux!?!
Génial! Il s'en est aperçu...
Non non, monsieur, j'ai déjà si peu de courage pour affronter cette première épreuve du bac que...
... Si je vous laisse faire, je n'aurai plus la force de vous quitter...
Vous avez fêté le retour de Toussaint, hier soir?
?
Toussaint? Mais il n'est pas rentré... Je crains fort que ta mère ait eu des "hallus." Comme moi, d'ailleurs...
Pas rentré!?? Mais alors...
Eh oui, Karen, Toussaint est sans doute prisonnier des hommes du Mangou. Si seulement j'arrivais à mettre la main sur...
NADIA!?!!
24

NADIA ???
D'où ça vient, ce truc-là ?
C'est tombé de la poche de ta veste. Qui est cette Nadia ?
Heu... la nana qui m'a fait essayer la Delahaye. D'après le garagiste, elle connaît les deux mecs qui ont enlevé Toussaint !
Et en quel honneur t'a-t-elle donné son numéro de téléphone ?
Donné ? Mais elle ne me l'a jamais donné, justement !
Je ne vois qu'une explication... C'est Toussaint... Cette nuit... Quand il m'est apparu dans mon demi-sommeil.
Toussaint ?! Tu me prends pour une imbécile ?
Je ne sais pas ce que tu me caches, mais le mensonge est vraiment trop grossier !
Karen... Je t'en supplie, ne pars pas !
C'est peut-être dingue, n'empêche que j'ai cru le voir cette nuit ! Ta mère aussi, et tu ne la traites pas de menteuse...
Pour Nadia, c'est vrai... Je t'ai menti. Il s'est passé quelque chose entre nous... un truc physique... sans importance...
Et puis c'était avant... Maintenant, je pourrais pas... Je le jure, Karen, je t'aime...
...Regretter ? T'es fou ! Au fond, j'ai jamais eu envie d'avoir des diplômes pour me rassurer ou pour réussir...
Et puis... Tu me vois plancher à une épreuve du bac, pendant que tu cuisines cette affolante femelle ?

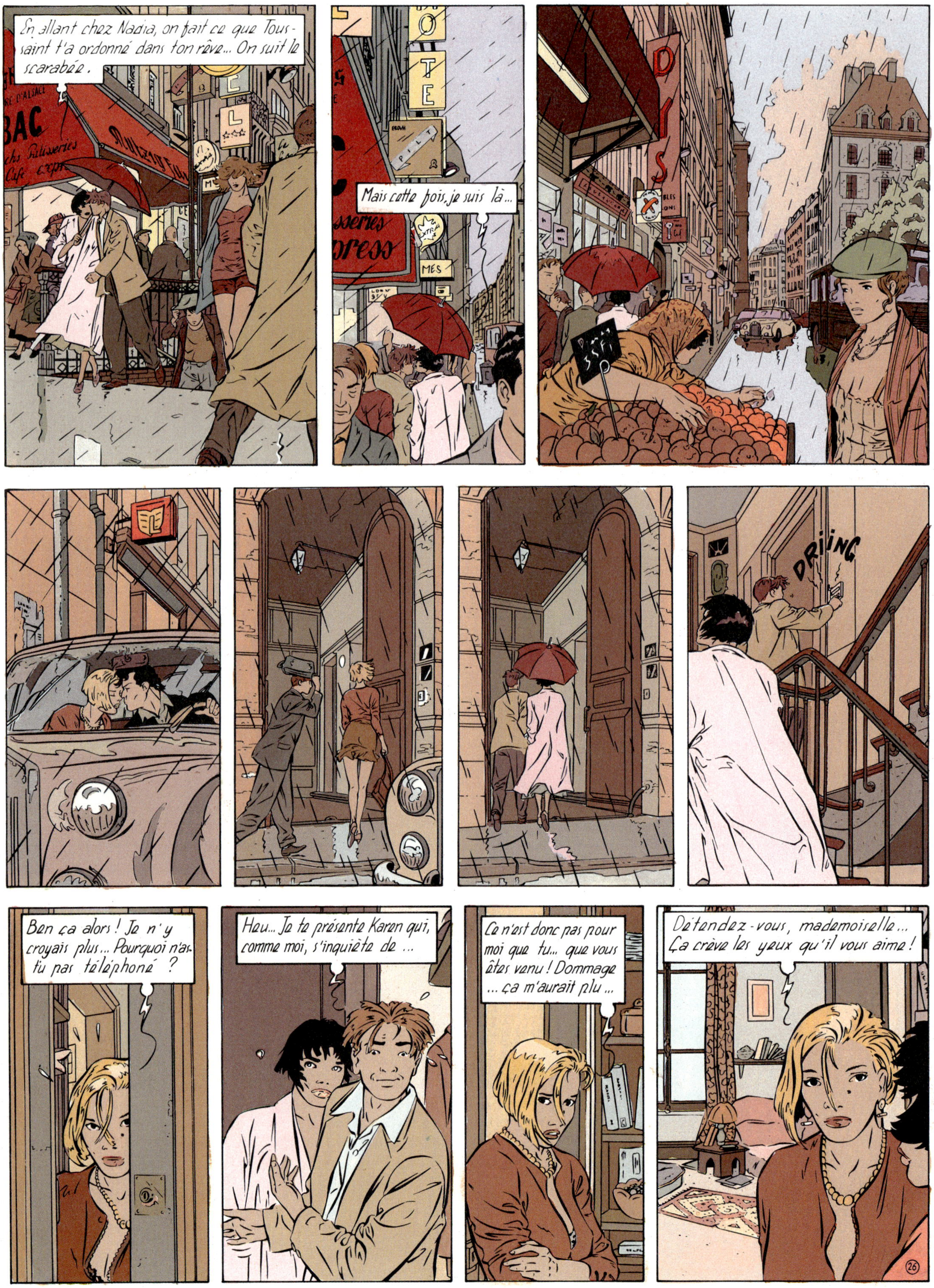

En allant chez Nadia, on fait ce que Toussaint t'a ordonné dans ton rêve... On suit le scarabée.
Mais cette fois, je suis là...
DRIIING
Ben ça alors ! Je n'y croyais plus... Pourquoi n'as-tu pas téléphoné ?
Heu... Je te présente Karen qui, comme moi, s'inquiète de ...
Ce n'est donc pas pour moi que tu... que vous êtes venu ! Dommage ... ça m'aurait plu ...
Détendez-vous, mademoiselle... Ça crève les yeux qu'il vous aime !

Même si j'ai caressé l'idée d'être à votre place, je rêve trop de rencontrer l'amour pour ne pas savoir quand il est là ou ...
... quand il m'échappe! Au fond, c'est de ma faute. J'aurais dû le sentir...
Mais c'est tellement long d'attendre... Tellement dur de vivre sans...
SCRITCH
Pardonnez-moi, mais... le monsieur que vous embrassiez tout à l'heure ?
Bertrand-Hugues? Il n'a jamais aimé que lui, et encore! Mais il est riche, cynique, intelligent...
Et je ne suis qu'une faible femme... Fille d'émigrés... Les envies et le manque ...
La course au fric et au vide, les horribles banlieues! Les Z.H.N.T... les Zones d'Habitations non Territoriales chères à Mallet...
Quoi? Mallet... vous co...
Quelques mauvais coups... Plutôt jolie, ce qui est à la fois un salut et une malédiction! Ça vous suffit ?
Je... Heu... Je vous demande pardon...
Et de quoi, mon Dieu? Comme dit le poète: "On n'a pas tous les mêmes cartes". Vous prendrez bien un petit remontant?
A votre amour !

Puisqu'il ne s'agit pas d'amour, que me vaut le... plaisir de votre visite ?
Hem ... La disparition de Toussaint! Celui qui m'accompagnait chez Class Auto...
Le grand black?
Oui! Selon mes informations, il a été embarqué par les deux types avec lesquels vous discutiez!
Alf et Léonid? Les deux psy... C'est donc pour ça qu'ils étaient là, ces malades! Qu'attendez-vous de moi ?
Leur adresse!
Parce qu'ils me l'auraient donnée?
TOPLOOK
S'il vous plaît, aidez-nous à retrouver Toussaint...
Vous aider? Mais je ne sais rien! Ces gens sont bizarres et font des trucs bizarres...
Mais, ni vous ni moi ne sommes de taille à lutter. Ils manipulent des forces paranormales et sont capables du pire !
Tout à l'heure, tu... heu... vous avez parlé de Mallat. Est-il mêlé à cette disparition?
Difficile à dire, mais possible... Bertrand-Hugues et lui sont en business...
Et les deux malades, comme vous dites ?
Eux, ils sont à la solde de Bertrand-Hugues. Ça, j'en suis presque sûre.
28

Allors donnez-nous son adresse !
HAhaha ! L'adresse de Bertrand-Hugues Luynes. Dieu que vous êtes naïfs !
Parce que vous croyez qu'il me baise chez lui, avec son chien couché sur la descente de lit à côté des pantoufles ?
Je suis une fille d'hôtels de luxe et de demeures louées... Vous êtes vraiment trop mignons tous les deux...
Vous me faites craquer... Ah ! L'amour... l'amour... il n'y a que ça de vrai dans ce monde pourri !
Ecoutez-moi bien... Mais si jamais ils savent que j'ai parlé, vous aurez ma mort sur la conscience. Demain soir, Mallet donne un bal costumé dans sa propriété de Courbépine.
Courbépine !!! On connaît très bien...
Parfait ! Pour y entrer, voici le mot de passe : "Géotrope". Je vous l'écrirai. Le port du masque est obligatoire. Mallet sera en Louis XIV et Luynes en mage oriental...
Une dernière chose... Evitez de vous pointer avec la Delahaye, ce serait signer votre arrêt de mort !
J'espère ne pas les avoir envoyés au massacre... Il sont si jeunes...
29

Système électrique, encorre U.S. gadget! Moi prréférer lève-glace manuel ...
BRRZZZZZRRZZZZ
Vous êtes sûr qu'il nous faut braver les éléments?
Absolument !
L'eau est indispensable à la réussite de notre entreprise.
J'en conviens, mais...
...n'aurions-nous pu utiliser celle d'une salle-de-bains ou d'une piscine ?
Impossible. Il faut une eau brassée par les puissances de la Nature.
Moi pas aimer cette histoirre... Patron trrop rêveur, pas assez prratiquer logique rrationaliste.

I préfer le scientifique méthode...
Ça n'est pas bon. Tenez-la par les ailes.
COOÔÔAT! OÂÂ!
Moi avoir bien senti. Ambiance pas orthodoxe.
Attrapez-lui la tête et tirez !
COOOAAT
COOO
Classique attitude d'espion. Si lui prendre photos, moi confisquer appareil.
Tranchez !
COAÂÂT
Lâchez ! Lâchez !!
Si lui jouer les sioux, moi champion marche silencieuse.
Serrez fort la tête dans votre main. La poule va parler ...

Lui prendre événement sur le vif pour présenter preuve irréfutable...
C'est maintenant! écoutez et voyez...
Vous pas jouer les finauds. Laisser tableau et décamper vite!
Voici les résultats du vote...
Bertrand Hugues Luynes est élu à 6 voix contre 4 !
Mais... mais... c'est...
Piure sorcélérie, my God!
Utiliser peinture quand Japon champion production appareils photographiques. Ça pas orthodoxe, pas orthodoxe du tout !
C'est mauvais d'avoir lâché la tête. Il y a un grand danger, très grand...
32

On peut vraiment pas savoir?
Non! La poule ne parlera plus! Je vous avais dit de serrer fort...
Vous voulez parler des énergies psy? Quel rapport avec ce danger?
Humpf!
Humpf!
Si j'en crois les documents que vous avez eu l'obligeance de me fournir, certains chercheurs sont en train d'ouvrir ce que nous appelons la fenêtre oubliée.
Humpf... Vous ne craignez pas... humpf... que ces forces se retournent contre vous?
Et pourquoi donc? Nous ne touchons pas à ces... énergies. La recherche scientifique et la technique s'en chargent. Nous...
...nous nous contentons de leur donner un but. Par exemple, la manipulation des hommes politiques. Ce sont des hommes de paille embarqués dans une guerre économique qu'ils ne contrôlent pas.
Notre tâche est de les guider télépathiquement. Certains le sont. A quoi croyez-vous que nous devions les actuels bouleversements géo-politiques?
L'aventure est désormais planétaire et l'humanité n'est pas prête. Il faut lui insuffler des "psychoconditionnements".
33

Contrôler sa violence et l'asservir à la pensée de quelques génies. Sinon ce sera le chaos !
Mon élection est importante, car Mallet et moi divergeons quant aux méthodes. Lui caresse le rêve de créer une nouvelle religion.
Oh!? Un scarabée... Quelle coïncidence! C'est... c'est justement le symbole de la nouvelle religion de Mallet !!
Quelle coïncidence, en effet, que Mallet ait choisi l'emblème d'une des plus vieilles religions. Celle précisément de la civilisation qui a provoqué le déluge !
Foster est sur la bonne voie, mais il n'a pas entièrement décrypté mon message...
Le déluge?! Manquait plus que ça! J'ai bien raison de privilégier la méthode scientifique. Elle manipule des forces moins irrationnelles.
C'est pourquoi je suis sceptique sur ce danger. Surtout si je suis élu. Cela dit, cette idée de fenêtre oubliée me plaît bien...
Puis-je vous l'emprunter comme titre du livre dont je vous ai parlé et auquel je mets la dernière main ?
Me l'emprunter ? Mais, cette expression ne m'appartient pas ! C'est à la Terre qu'il faudra la demander...
34

LA TERRE ?!?!
BRRM
La Terre est un être vivant. Elle possède une âme, comme vous et moi, en contact avec le Grand Esprit. Il faut la respecter et dialoguer avec elle, sinon ...
... Pfuitt!! Nous serons balayés. Comme elle s'est déjà débarrassée d'espèces et de civilisations qui se croyaient les plus fortes !...
Vous croyez à l'esprit, aux âmes ?
Pour nous, la mort n'est que dislocation du corps. La marche vers l'Esprit continue ...
d'ailleurs, voyez...
NOM DE DIEU !!
Pourquoi lui freiner ?! Pas orthodoxe...
Eh bien, que vous arrive-t-il?
Je... hau... une ha... un... un éblouissement...
35

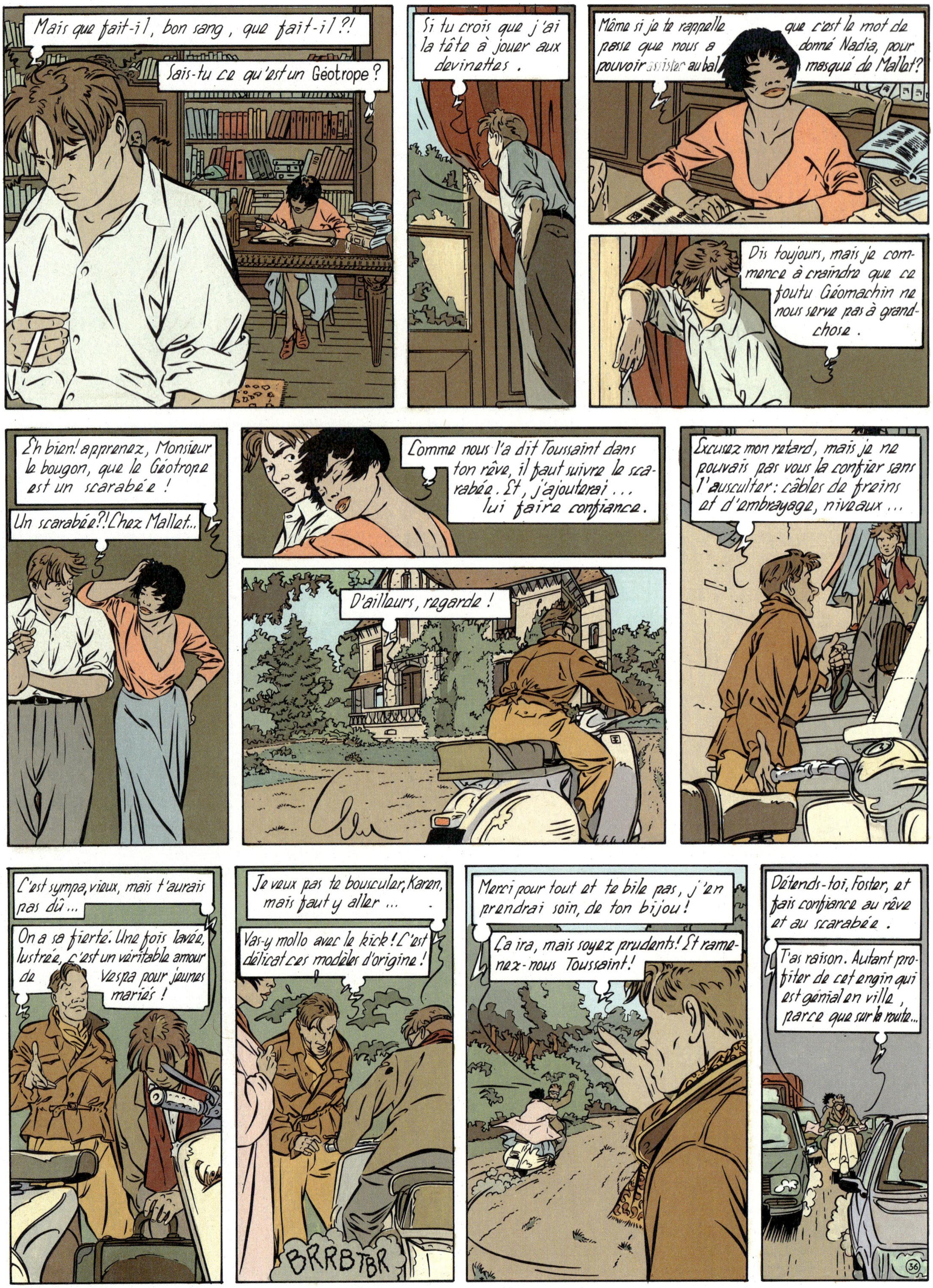
Mais que fait-il, bon sang, que fait-il?!
Sais-tu ce qu'est un Géotrope?
Si tu crois que j'ai la tête à jouer aux devinettes.
Même si je te rappelle que c'est le mot de passe que nous a donné Nadia, pour pouvoir assister au bal masqué de Mallet?
Dis toujours, mais je commence à craindre que ce foutu Géomachin ne nous serve pas à grand-chose.
Eh bien! apprenez, Monsieur le bougon, que le Géotrope est un scarabée!
Un scarabée?! Chez Mallet...
Comme nous l'a dit Toussaint dans ton rêve, il faut suivre le scarabée. Et, j'ajouterai... lui faire confiance.
D'ailleurs, regarde!
Excusez mon retard, mais je ne pouvais pas vous la confier sans l'ausculter: câbles de freins et d'embrayage, niveaux...
C'est sympa, vieux, mais t'aurais pas dû...
On a sa fierté! Une fois lavée, lustrée, c'est un véritable amour de Vespa pour jeunes mariés!
Je veux pas te bousculer, Karen, mais faut y aller...
Vas-y mollo avec le kick! C'est délicat ces modèles d'origine!
BRRBTBR
Merci pour tout et te bile pas, j'en prendrai soin, de ton bijou!
Ça ira, mais soyez prudents! Et ramenez-nous Toussaint!
Détends-toi, Foster, et fais confiance au rêve et au scarabée.
T'as raison. Autant profiter de cet engin qui est génial en ville, parce que sur la route...
36

On a tout de même frôlé le 90 en descente!
ARBONNE 1.3
FONTAINEBLEAU 15
Merde, v'là la pluie! Ça va être facile pour enfiler nos costumes...
On pourrait aller à l'ancienne baraque de mon père. Si ça se trouve, elle n'est pas relouée...
Pas bête, ton idée! C'est le prochain chemin à gauche, je crois ?
A mon avis, l'embranchement doit se situer après le virage ...
On va planquer la Vespa ici. Mieux vaut être discrets, des fois qu'il y aurait de nouveaux occupants...
Mais... Mais... On dirait...
Ben, si je m'attendais à ça !
Je suis sûre que c'est lui...
Pourquoi m'a-t-il annoncé son départ pour le Venezuela ?
C'est justement ce que je vais lui demander!
Et... si ce n'était pas lui ?
Si ce n'est pas mon père, je suis la doublure éthérique de sa fille !

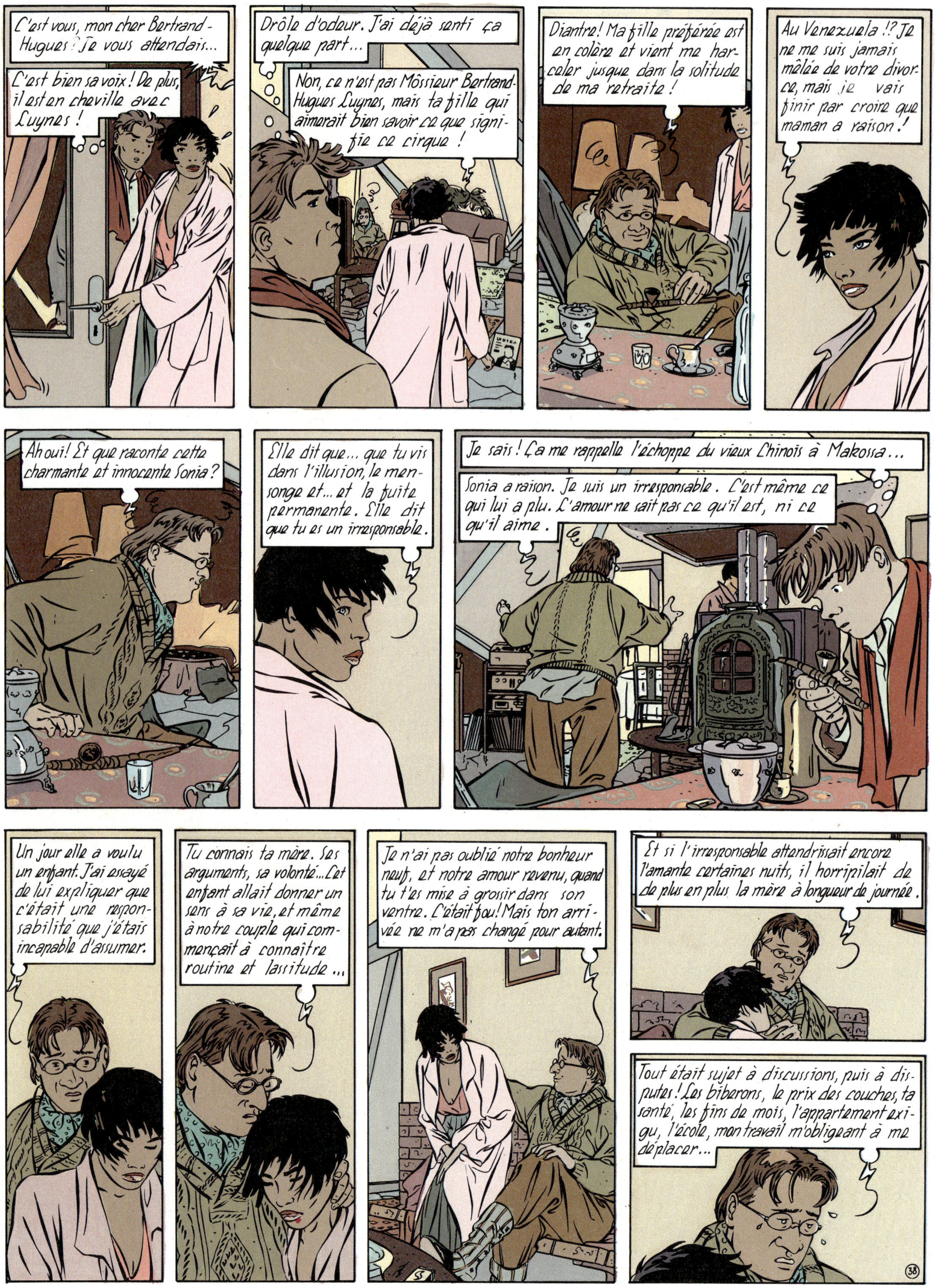
C'est vous, mon cher Bertrand-Hugues ? Je vous attendais...
C'est bien sa voix ! De plus, il est en cheville avec Luynes !
Drôle d'odeur. J'ai déjà senti ça quelque part...
Non, ce n'est pas Môssieur Bertrand-Hugues Luynes, mais ta fille qui aimerait bien savoir ce que signifie ce cirque !
Diantre ! Ma fille préférée est en colère et vient me harceler jusque dans la solitude de ma retraite !
Au Venezuela !? Je ne me suis jamais mêlée de votre divorce, mais je vais finir par croire que maman a raison !
Ah oui ! Et que raconte cette charmante et innocente Sonia ?
Elle dit que... que tu vis dans l'illusion, le mensonge et... et la fuite permanente. Elle dit que tu es un irresponsable.
Je sais ! Ça me rappelle l'échoppe du vieux Chinois à Makossa...
Sonia a raison. Je suis un irresponsable. C'est même ce qui lui a plu. L'amour ne sait pas ce qu'il est, ni ce qu'il aime.
Un jour elle a voulu un enfant. J'ai essayé de lui expliquer que c'était une responsabilité que j'étais incapable d'assumer.
Tu connais ta mère. Ses arguments, sa volonté... Cet enfant allait donner un sens à sa vie, et même à notre couple qui commençait à connaître routine et lassitude...
Je n'ai pas oublié notre bonheur neuf, et notre amour revenu, quand tu t'es mise à grossir dans son ventre. C'était fou ! Mais ton arrivée ne m'a pas changé pour autant.
Et si l'irresponsable attendrissait encore l'amante certaines nuits, il horripilait de plus en plus la mère à longueur de journée.
Tout était sujet à discussions, puis à disputes ! Les biberons, le prix des couches, ta santé, les fins de mois, l'appartement exigu, l'école, mon travail m'obligeant à me déplacer...
38

Un jour, il a bien fallu regarder notre vie en face et mettre fin au massacre. Il devenait criminel de t'imposer l'enfer que nous nous fabriquions. J'ai repris mon errance qui n'est, j'en conviens, qu'une illusoire liberté...
Pourquoi avoir inventé ce voyage au Venezuela, plutôt que de m'expliquer tout ça ?
Sonia dirait avec raison que l'irresponsabilité conduit à la lâcheté. Mais elle oublierait d'ajouter que je paye encore son désir de donner un sens à sa vie de femme...
Un divorce, c'est d'abord une fracture, et ensuite une facture. Bien qu'irresponsable, j'ai toujours assumé ma part. Tu es la dernière à qui j'ai envie d'expliquer comment. Question de dignité et d'amour...
C'est tout à ton honneur, Jules. Et il ne me viendrait pas à l'idée de te reprocher, pour tes affaires, d'être revenu ici, dans ton ancienne maison, chez Mallet. Mais de là à t'associer à ces suppôts du Mangou qui ont enlevé Toussaint...
Quoi?! Ils ont osé toucher à Toussaint, mon ami, mon frère !!
?!
Et toi, ma fille, ma propre fille, tu as pu imaginer que j'étais mêlé à ce... ce crime !
Il ne faudrait pas croire que la lâcheté de l'irresponsable soit synonyme de manque de courage et de fuite devant le danger !!
On peut ne pas se montrer tel que l'on est devant sa fille, et se battre pour tirer un ami d'un mauvais pas! D'ailleurs, de ce pas, je vais demander des explications à Mallet...
Inutile, Jules ! Même si Mallet est dans le coup, selon nos informations, c'est Luynes qui séquestre papa Toussaint...
39

Ber... Bertrand-Hugues Luynes ?!?!
Celui-là même qui doit venir ici, selon ce que vous disiez tout à l'heure.
Nous allons l'attendre ensemble et lui demander des explications.
S'il a osé toucher à un seul cheveu de papa Toussaint...
L'attendre... lui demander des comptes... Devant moi ! Chez moi ! Il n'en est pas question !
Ne me demandez pas pourquoi, mais sachez que Luynes me tient. Et, tant que je ne serai pas libéré de ce lien, je ne peux pas et ne veux pas d'histoire avec lui.
D'ailleurs, ce serait mauvais pour Toussaint qu'il vous trouve ici. Partez, mes enfants. Partez !
Vous aurez des nouvelles de Toussaint très bientôt. Foi de Jules Pavhaut !
Je suis un père indigne ! Ah ! Docteur Feelgood... Vous me faites payer bien cher mes escapades dans le monde des rêves...
Mais cette vie est si dure ! Il n'y a que ce fou de Toussaint pour penser qu'on puisse y introduire le rêve...
...Me faire ça, à moi ! Il le payera cher de...
Elle vient ici ! Planquons-nous !
C'est la Bentley de Luynes ! Je la reconnais !!
40

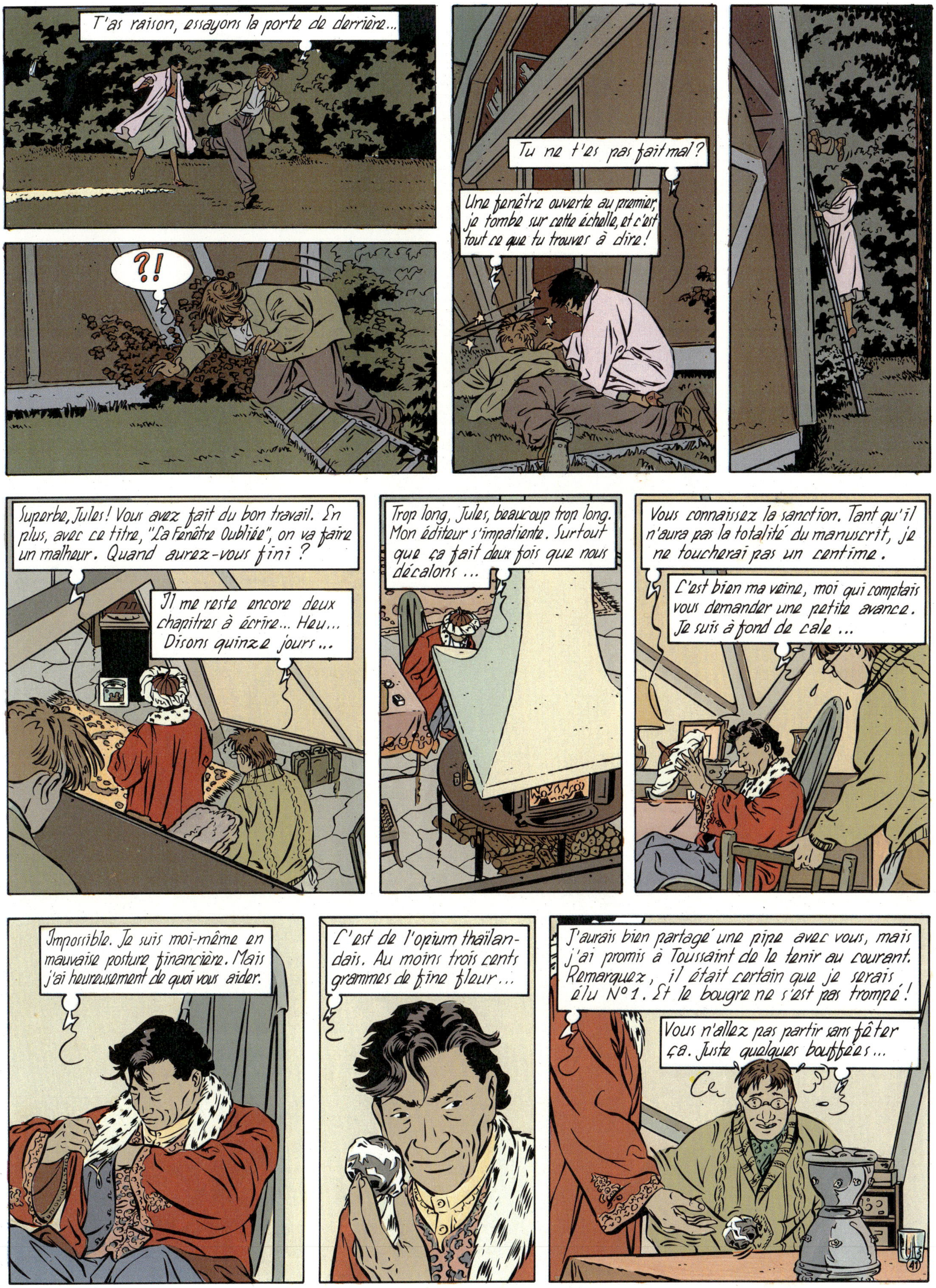
T'as raison, essayons la porte de derrière...
?!
Tu ne t'es pas fait mal?
Une fenêtre ouverte au premier, je tombe sur cette échelle, et c'est tout ce que tu trouves à dire!
Superbe, Jules! Vous avez fait du bon travail. En plus, avec ce titre, "La Fenêtre Oubliée", on va faire un malheur. Quand aurez-vous fini ?
Il me reste encore deux chapitres à écrire... Heu... Disons quinze jours...
Trop long, Jules, beaucoup trop long. Mon éditeur s'impatiente. Surtout que ça fait deux fois que nous décalons ...
Vous connaissez la sanction. Tant qu'il n'aura pas la totalité du manuscrit, je ne toucherai pas un centime.
C'est bien ma veine, moi qui comptais vous demander une petite avance. Je suis à fond de cale ...
Impossible. Je suis moi-même en mauvaise posture financière. Mais j'ai heureusement de quoi vous aider.
C'est de l'opium thaïlandais. Au moins trois cents grammes de fine fleur...
J'aurais bien partagé une pipe avec vous, mais j'ai promis à Toussaint de le tenir au courant. Remarquez, il était certain que je serais élu N°1. Et le bougre ne s'est pas trompé!
Vous n'allez pas partir sans fêter ça. Juste quelques bouffées...

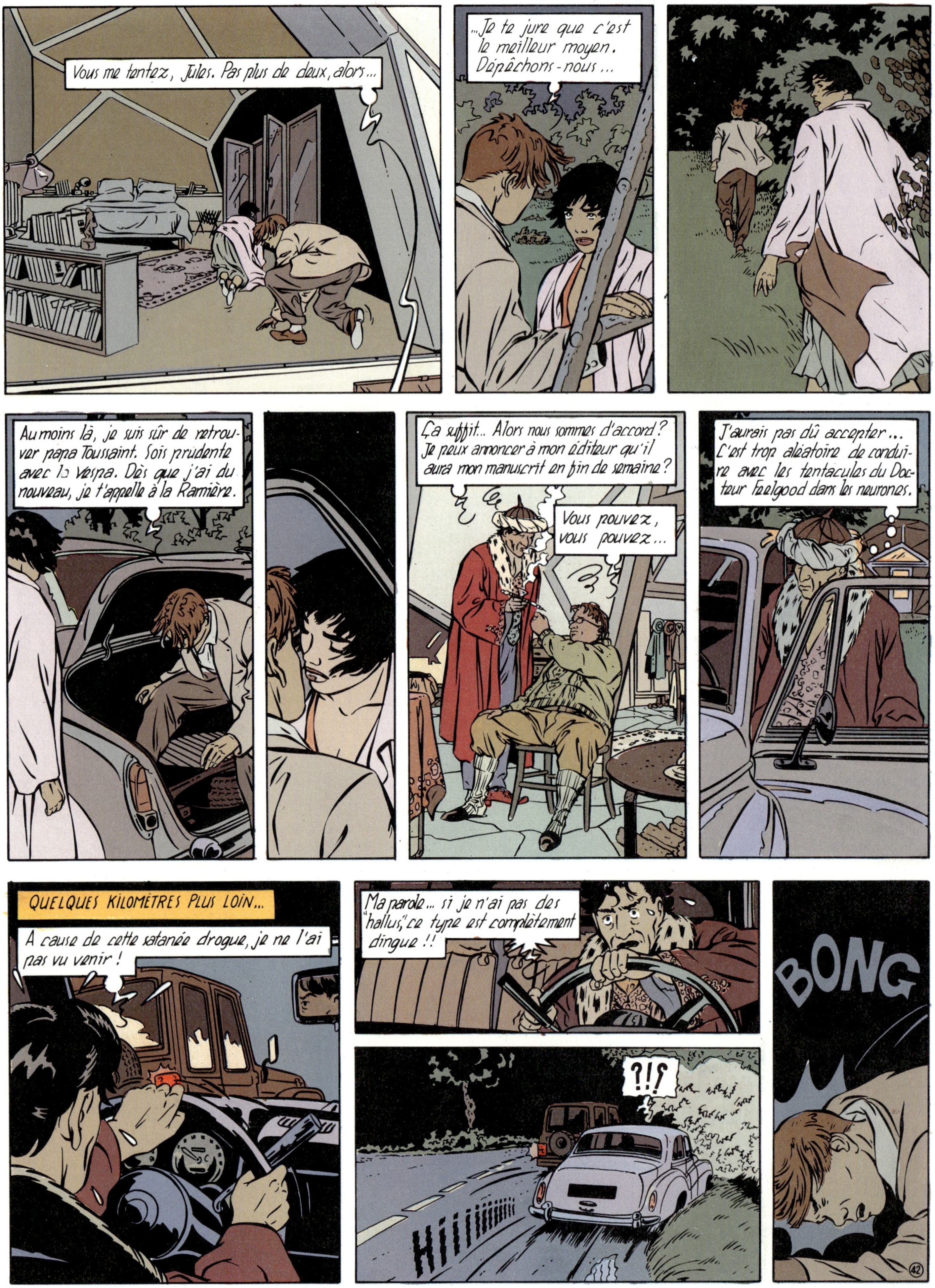
Vous me tentez, Jules. Pas plus de deux, alors...
...Je te jure que c'est le meilleur moyen. Dépêchons-nous...
Au moins là, je suis sûr de retrouver papa Toussaint. Sois prudente avec la Vespa. Dès que j'ai du nouveau, je t'appelle à la Ramière.
Ça suffit... Alors nous sommes d'accord? Je peux annoncer à mon éditeur qu'il aura mon manuscrit en fin de semaine?
Vous pouvez, vous pouvez...
J'aurais pas dû accepter... C'est trop aléatoire de conduire avec les tentacules du Docteur Feelgood dans les neurones.
QUELQUES KILOMÈTRES PLUS LOIN...
A cause de cette satanée drogue, je ne l'ai pas vu venir !
Ma parole... si je n'ai pas des "hallus", ce type est complètement dingue !!
?!?
Hiiiiiiiiii
BONG
42

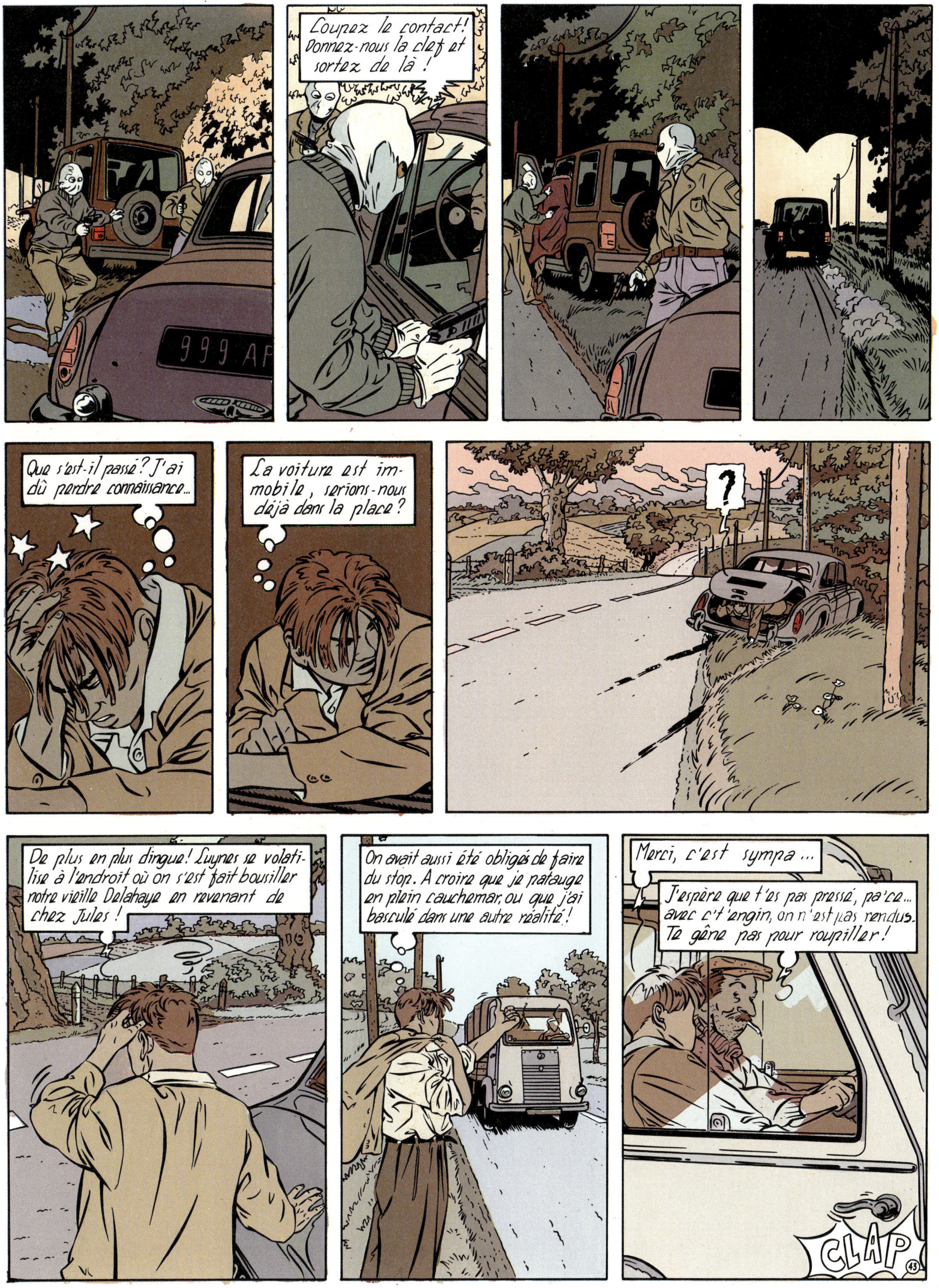
Coupez le contact! Donnez-nous la clef et sortez de là !
999 AF
Que s'est-il passé? J'ai dû perdre connaissance...
La voiture est immobile, serions-nous déjà dans la place?
?
De plus en plus dingue! Luynes se volatilise à l'endroit où on s'est fait bousiller notre vieille Delahaye en revenant de chez Jules !
On avait aussi été obligés de faire du stop. A croire que je patauge en plein cauchemar, ou que j'ai basculé dans une autre réalité !
Merci, c'est sympa ...
J'espère que t'es pas pressé, pa'ce... avec c't'engin, on n'est pas rendus. Te gêne pas pour roupiller !
CLAP

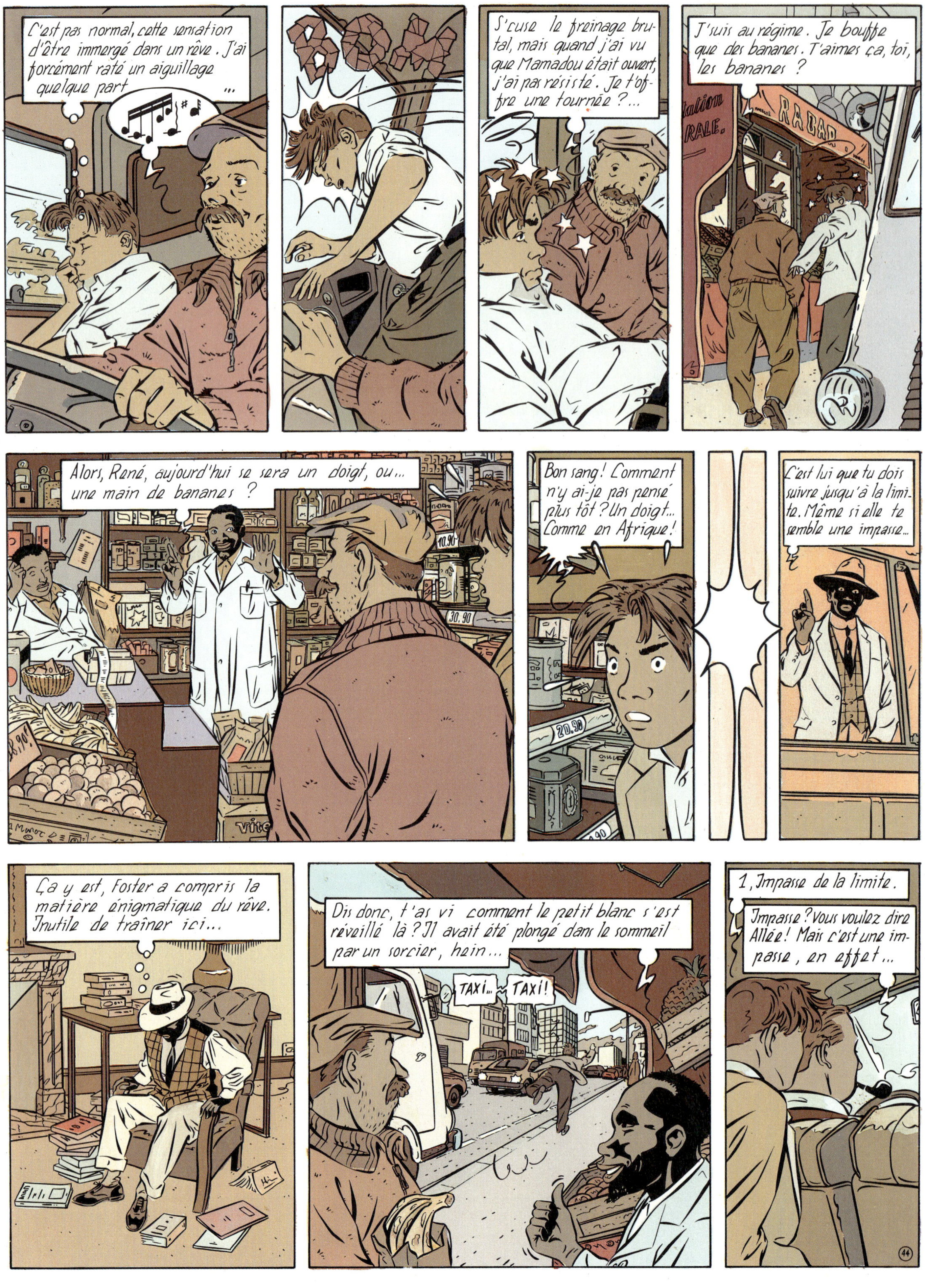
C'est pas normal, cette sensation d'être immergé dans un rêve. J'ai forcément raté un aiguillage quelque part ...
S'cuse le freinage brutal, mais quand j'ai vu que Mamadou était ouvert, j'ai pas résisté. Je t'offre une tournée ?...
J'suis au régime. Je bouffe que des bananes. T'aimes ça, toi, les bananes ?
Alors, René, aujourd'hui se sera un doigt, ou... une main de bananes ?
Bon sang ! Comment n'y ai-je pas pensé plus tôt ? Un doigt... Comme en Afrique !
C'est lui que tu dois suivre jusqu'à la limite. Même si elle te semble une impasse...
Ça y est, Foster a compris la matière énigmatique du rêve. Inutile de traîner ici...
Dis donc, t'as vi comment le petit blanc s'est réveillé là ? Il avait été plongé dans le sommeil par un sorcier, hein...
TAXI... TAXI !
1, Impasse de la limite.
Impasse ? Vous voulez dire Allée ! Mais c'est une impasse, en effet...

Si leurs entraînements ne laissent pas à désirer, les magnétiseurs du K.G.B. et de la C.I.A. ne valent pas un kopeck!
BZZZZZZZZZZZZZZZ
N'offensons pas l'électronique. Une blessure d'amour-propre pourrait lui faire croire que, comme les êtres humains, ses pouvoirs sont sans limites...
Hey, jeune homme! Réveillez-vous, nous sommes arrivés...
PAPA TOUSSAINT!
Alors fiston, il t'en a fallu, du temps, pour trouver la sortie du labyrinthe!
J'en suis peut-être sorti, mais je suis pas certain d'avoir tout compris. Et d'abord, qui t'a libéré?
Libéré? Tu rigoles! C'est de mon plein gré que je me suis installé au cœur du cerveau sans rêve du Mangou.
Le Mangou, qui depuis longtemps manipule nos désirs, s'est attaqué à notre imaginaire. Quelques-uns de ses agents ont haussé leurs niveaux de vibrations intérieures et introduisent des images dans certains cerveaux...
Comme toi, en quelque sorte?
Si tu veux. Mais nous n'avons pas le même but. Moi, c'est pour réveiller le rêve. Eux, pour l'endormir. Ils appellent ça l'hypnotisme collectif.
De plus, ils ont découvert le tissage vibratoire de la réalité. Ils en déforment la trame et en modifient des mailles. Il va falloir que tu apprennes à sentir, voir et entendre, non seulement avec tes organes, mais avec ton corps subtil fait d'invisibles vibrations...
Si tu fais ça, tu remarqueras que cette voiture, en ce moment, dégage une chaleur anormale, car nous pénétrons dans une maille trafiquée...
45

Impression et reliure : Pollina s.a., 85400 Luçon - n° 14072
Dépôt légal : août 1991